竹云轩近诗选

杨虚著

苏州大学出版社

图书在版编目(CIP)数据

竹云轩近诗选:汉、英/杨虚著. —苏州:苏州大学出版社,2014. 10
ISBN 978-7-5672-1029-5

Ⅰ. ①竹… Ⅱ. ①杨… Ⅲ. ①诗集-中国-当代-汉、英 Ⅳ. ①I227

中国版本图书馆 CIP 数据核字(2014)第 227601 号

书　　名:竹云轩近诗选

作　　者:杨　虚
责任编辑:刘诗能　王　娅
策　　划:汤定军
装帧设计:刘　俊

出版发行:苏州大学出版社(Soochow University Press)
社　　址:苏州市十梓街 1 号　**邮编**:215006
印　　刷:苏州工业园区美柯乐制版印务有限责任公司印装
网　　址:www. sudapress. com
E - mail:tangdingjun@ suda. edu. cn
邮购热线:0512-67480030
销售热线:0512-65225020

开　　本:700mm × 1000mm　1/16　**印张**:11　**字数**:191 千
版　　次:2014 年 10 月第 1 版
印　　次:2014 年 10 月第 1 次印刷
书　　号:ISBN 978-7-5672-1029-5
定　　价:29.00 元

凡购本社图书发现印装错误,请与本社联系调换。服务热线:0512-65225020

序一

当今之大学真“大”，同在一所大学里任教的不一定认识，但我与杨成虎教授不仅相识，而且成为好朋友，实在是因诗结缘。初，我在文学院，成虎兄在外语学院，尽管问学之指向都是语言文学，却缺少交流的机会。世事时现吊诡，天意原有安排。多年前，我偶然在一个特殊的场合“慷慨陈词”，大意是：研究文学的专家学者，要真正懂创作、会创作，其研究才“不隔”；一个时代，研究文学的“专家”多于搞创作的作家，不是一个好现象；全社会不重作品的原创而忙于造“论文”，这是本末倒置，不仅于事无补，简直垃圾成堆，资源浪费，是为公害，一定在导向上出现了严重问题；君不见，唐诗何其繁荣——成千上万个诗人，才几个轻描淡写的点评者？今诗何其萧条——成千上万个“评论家”，在忙碌地“指导”着几个诗人！设若李白、苏轼、曹雪芹辈生活在今天的高校里，必然也会逼其停止创作，驱赶去写“论文”，才肯让他当教授！其时成虎兄在场，即相呼应。初识成虎于这样的场合，我颇意外，亦颇惊讶。噫！尘世难逢开口笑，猛然间峨峨兮泰山，洋洋兮江河——斯慨横出，便惜隔座迢遥，不得与成虎抵掌；亦恨不能现场为之浮一大白！

我与成虎一结识，互通籍贯，即恍若世交。何出此言？我来自西蜀，成虎出于皖西。成虎老家舒城，历史上曾出过两位响当当的名人——文翁、周瑜，二人皆与西蜀有关系。西汉景帝末年，文翁为蜀郡守，仁爱而兴学，教化广被，遂使西蜀有邹鲁之风。蜀人好文雅，即始于文翁之化，故而深深地感戴这位先贤，历代祠祀不绝，舒城便为众多的蜀人所熟知。我今遇舒人成虎，同时激赏其为儒雅君子，友于倍亲。东汉末年，周瑜为东吴名将，孙刘联军败曹于赤壁，时周瑜任都督，功劳尤著。此战为魏、蜀、吴三分天下奠定了基础。《三国演义》在民间的影响远大于《三国志》，小说渲染诸葛亮、周瑜二人的心智、识见和韬略，写来风生水起，我虽明知其为

“传奇”，而尝掩卷思忖，二人堪做知音。惜二人各为其主，后来周瑜伐蜀，病逝于途。世传其有“既生瑜，何生亮”之叹，小说家之杜撰也，然亦折射出“政治立场”之害人不浅。设若世无纷争，人无钩心斗角，不必选择效忠于谁何，则皇天后土，“既生瑜，又生亮”，使二人义结金兰，未尝不演绎出一段天下佳话来。

成虎随后送我一本他的《竹云轩诗稿》。我素喜明月下读诗。成虎之诗全然是赤子情怀之自然流露，于月下读，尤见朗洁。其中最令我感动不已的，是他对父亲、对家乡的那份挚爱。如《别父》：“游子将离未忍离，白头老父揽衣啼。纵然身健犹孤寂，况是家贫食蕨藜。若问功名真自愧，妄言忠孝不能齐。从今又向天涯去，日暮乡关望欲迷。”《思父》：“白发严亲六十余，家书久断梦频呼。老来靠己过生活，病后凭谁备米刍。破旧空床应寂寞，纵横泪眼恐模糊。我今亦是为人父，争忍有儿直似无？”《悼父》：“只恨仙凡路不通，重来何处觅音容？新棺寂寂牲方列，老屋萧萧迹已空。雪片无声山戴白，烛芯有泪影摇红。几多话语欲相诉，两膝灵前跪扑通。”这些真情、朴实之作，读来催人泪下。写家园的，如五律《春景》《山晚》，七绝《春景二首》《田园杂兴》等，均可从诗中所表现的山水田园、乡风乡貌的趣味上见出其对故乡的无比喜爱。赤子之情还表现为一种本然的童真、天生的性情，成虎诗中，时现这种让人眼前发亮的金光，如《途中》：“柳色青青客路斜，春风喜已到天涯。百忙未改风流性，不惜迂回为看花。”其间包蕴着一种未曾被社会消磨或掠夺的、不可多得的诗人资质，真是无价之宝。成虎还是他那个年代的大学生爱情的实践者，并有最美的诗意结局，他写进了自己的诗中——《赠内》：“淝滨负笈结缘长，再世英台又识梁。意似和风过碧草，容如满月遍清光。闲论今古同心意，漫辑霓霞作嫁裳。不用生生皆化蝶，终身托付小杨郎。”情味何其悠长，且是令人艳羡。作为读者，如果读到了某些打动自己的作品，便不禁产生要为其写点什么的冲动，那么，这些作品肯定无愧“佳作”之称。成虎的上述诗歌，便是这类佳作。我当时确曾想写点文字，只因忙于他事，便延误下了。

朋友之间，若能“奇文共欣赏，疑义相与析”，真是人生的大快事。我们时有相聚，自然谈古今文章，也谈天地人事，话既投机，酣畅惬意。也与更广泛的同好一起交流，恰如成虎《鹧鸪天》所云：

"春雨楼头细品茗,谈维说轼几书生。清闲且向忙中取,淡雅偏从俗里呈。 同感慨,共心情。范家小聚似兰亭。无分彼此无今古,但觉诗怀兴味萦。"同时,创作上的直接交流、切磋更多一些。成虎锦心绣口,常有新作,间或通过"伊妹儿"发我。其清词丽句,堪称流珠走玉;入口即化,爽如哀家之梨!成虎于诗律心细、敏锐、严谨,例如,"宁波帮"人士曹光标慷慨助学,宁波大学是最大的受惠者,后逢曹家公子结婚,我受托替宁波大学拟《为曹公子新婚志喜》:"曹家玉树放光辉,复种修篁遍四围。箫韶声声花烛里,翩翩仪见凤凰飞。"第三句,误把"韶"当作了仄声。"伊妹儿"发成虎后,即得到指正,并改作"阵阵箫韶花烛里"。此其一斑,成虎真益友也!我们还共同参与了宁波诗社的工作,与诸同仁共襄诗社建设之事;指导宁波大学"鹿鸣诗词社"创作活动等。请成虎讲座,总是有求必应;其讲座精彩纷呈,听众笼被于一位学者兼诗人的优雅气场中,如入胜境。

与成虎多年交游,了解渐深。成虎忠孝仁厚之人,心明圣道,广具识见,明辨善恶贤愚;为诗温柔敦厚,达仁人之心,发社会良知,旨归诗教。成虎先后求学和工作于北方、南方,或探亲访友,或游山玩水,或外出学术交流,甚至负笈、讲学海外,经历既富,见闻即多,其诗词题材极为广阔。有得于山程水驿之作,犹见性灵。乃其秉诗人之资质,屏绝尘累,滓秽弃尽,发清妙之天机,对自然与人文胜景进行审美观照,慧眼善识,慧根善悟,妙手善绘。如《游趵突泉》:"胜迹人间涌美名,今朝鸿爪落泉城。游踪一接前贤迹,便觉文思比水清。"趵突泉在济南,为李清照、辛弃疾、张养浩等前贤故里的名胜,它曾滋育出一批文学大家,成虎来游,自道一履灵境,便有文思顿清之感。又《浙江道中》:"拔地群山千里翠,通天众水万荷风。风光挣脱放翁笔,一路陪余到浙东。"美丽的浙江山水,似乎从陆放翁笔下游离出来,陪着成虎从西到东,令其目不暇接。又《浣溪沙》:"景色今春已尽收,新园却又豁吟眸。此身仿佛幻中游。 碧水添来新翠镜,飞虹引下众仙俦。日光偏爱是明州。"词写宁波日湖的光景与美感。紧扣宁波古称"明州"运意,宁波古有"日""月"二湖(日月合为"明"字),后日湖不存,今新造日湖,光景恢复,故末句"日光偏爱是明州",甚得意趣。又《2004 年 10 月 15 日在上海—成都飞机上,仿游仙诗作七绝五首》之一:"艰难蜀道世间无，细雨骑驴意亦孤。破雾穿云仙鹤下，我从大上到成都。”该诗展现了今人的现实生活比古人的幻想还要神奇，这就是从常人已感到平凡、普通的生活中发现浪漫的诗意。又《翡翠长廊》：“翡翠长廊碧映身，万山深处会湘君。美人都是高高节，玉影凌霄共白云。”此写蜀南竹海的“翡翠长廊”景观，以修长的美女比拟修竹，恰切而甚具美感。

成虎有瑞典讲学、美国进修之行，异国之所见所闻，多收于囊橐中。早在晚清、民国以来，我国一些外交使节、留学人员、游客、商人等，不乏以吾国传统诗词记海外游踪及风土人情者，为交往史料之留存、国人借以了解异域风土和民俗等，起了很大的作用。及至后来国门洞开，国人蜂拥而出，然后只见一个个汗涔涔的膀子扛着大包小包的货色回来；而摆动优雅的诗肩背着诗囊进门的，则几近于无。今成虎诗囊盛回的海外之作，乃吟哦亲身所历的见闻观感，发乎性情，自在流出，天然清新，诗味浓郁。如《飞往哥本哈根，途中书所见》云：“丘云天下小，我觉地如球。”孔子登泰山而小天下，成虎行天空而小地球，有趣得很。又《初至瑞典 Kristianstad》：“我恐前身是庄周，逐鲲远作逍遥游。遥踪已落圣城里，要赋宏文把事留。此城原为兵家塞，四围环水凿深沟。三一教堂传风貌，市政广场见古楼。道路纵横车来往，房屋都是旧时修。闲步街头车让客，八月天气似凉秋。景物新奇多首见，夜至九点落日头。民风淳朴此地现，王国文明第一流。”他的创作意识极强，明确地表示“要赋宏文把事留”，志趣何高，难能可贵。然后叙述或描绘的圣城历史、建筑、新奇景象、文明风貌等，生动传神，引人入胜。又《圣城郊外闲步书所见》：“不是桃花源里事，打头苹果满枝摇。”写圣城郊外美景和人们的生活环境，不是桃源却胜似桃源，令人陶醉。竹枝词起源于古代巴蜀的民歌，七言四句，短小精悍，语言通俗，后被文人采纳，是写风土的极好形式。晚清和民国时期的出国人士，多有采用这一形式的，留下了一批海外竹枝词。成虎的海外作品中，有的在语言上即带此种风味，如《波士顿多尔切斯特海湾漫步》：“鸥鹭亲人聚海湾，沙滩漫步得悠闲。眼前一片新天地，万里深蓝对浅蓝。”又《波士顿草市书所见》：“大摊小架一街前，瓜果时蔬货物鲜。虽似吾华时赶集，却难还价对标签。”又《波士顿春感》：“镇日香风扑客怀，绿红相映上衣来。人家十九栽花树，户外窗前次第开。”均不用典故，而以晓畅的口语，表现鲜明的异域风土特色。

成虎学通中西，长期倾力译介吾国传统诗词于国外。其身兼诗人与学者双重角色，实两处获益，互进提高，能量倍增。诗人之禀赋，使他极易与古人灵性沟通，情感共振；懂得创作方法和有切身体会，能自由出入于古人艺境。所以他在翻译杜牧、李白、李贺诗歌及楚辞等作品时，不是停留于浅表的语言层面的翻译，而能深入文化内蕴、构思层次、意境传达上，十分到位。学者之学识，使他能思辨古人得失，洞幽烛微。其每译一诗，必落实于每一字、词、句、篇，捉摸深透，在力求信、达、雅之同时，日益精进，则功夫自深，而谙诗家三昧；其间涉及诸多中国传统文化、意象经典、掌故等，亦装满腹笥，自家受用。如其集中诗词，大量驱遣古人之语典事典，俱用得灵活，而能脱胎换骨。

成虎创作诗词的年代较早，热情甚高，才气充溢，思维敏捷，佳制颇夥，手法已熟练，但仍提笔谨慎，力戒草率。尤其重视诗词的艺术性，始终不懈，孜孜以求。例如，2013 年中秋，我与成虎应邀代表宁波诗社参加宁波市中华文化促进会组织的一场“诗书画印歌茶酒”雅集活动，主办者要求我们各交 1 篇新作。成虎作《行香子·癸巳中秋咏月》，初稿发我后，他自己觉得不甚满意，又反复三次修改润色，先后凡四稿发我，真真令人咨嗟！可知作者求达意、贵精工、谋全篇之浑融等用心，堪称词坛一段佳话。成虎在诗词创作上有这般追求，无怪乎其日新月异，令人击节！

诗词以语言、立意、手法等“出新”为生命。既为诗人，免不了时有应景、酬答、美赞及劳来送往之作，而此类诗词，极易流于套语和抒情方式的一般化、模式化。若非极妙，写过之后，扔掉即可。何有此言？成虎才多，挥毫如潘江陆海，产品爆满仓廪，是以近来怂恿其出版选集，若吹毛求疵，则此类作品不妨少一些。选本以精为上。

今成虎《竹云轩近诗选》编成，可喜可贺！命余为序，意难固拒；力不能胜，黾勉为之。拉杂之言，供成虎兄一哂；献之读者，则非我敢想。

李亮伟

癸巳之冬于甬上释然居

序二

杨成虎教授是我的同事,但在学问上是我的老师。我在大学从事英语语言文学教学与研究工作屈指算来已逾二十五载,接触的英语界同行,尤其是从事英语文学研究的学者也为数不少,但细细想来,学问广博如杨老师者,同龄人中恐不多见——或许我孤陋寡闻。杨老师不仅英语功底扎实,且古汉语功底深厚。他的学术兴趣广泛,哲学、文学、历史、语言学、宗教等无不涉猎,且中西合璧,古今贯通。据我所知,他还通梵语,对佛经翻译的研究非同一般。他的古体格律诗创作,水平之高,读者在本书中自可领略。惊奇的是,杨老师还用英语写诗,而且是商籁体诗,可见英文修养了得。

杨成虎教授写诗遵循一条基本原则,即格律是诗歌的基本构件。这一明确的主张可能"冒天下之大不韪",被批评家们视为保守或不能与时俱进。但是,我认为,格律诗乃是中外文学传统的精粹,只是今天人们在对这一文学传统的继承和创新上出了问题。抑或是许多人误解了格律诗,以为格律诗束缚了诗人的自由。殊不知,凡能作优秀格律诗者,须"艺高胆大",如闻一多先生所言,格律诗乃是"戴着镣铐跳舞,镣铐是格律 ,我们要跟着格律走 ,却不受其拘束 ,要戴着镣铐舞出自己的舞步"。英国著名小说家弗吉尼亚·伍尔夫曾在书信中提到一位很有写作天赋的女子,名叫多萝茜·奥斯本。多萝茜在信中评论玛格瑞·纽卡索公爵夫人的写作时这样说:"这个可怜的女人真是有点神经错乱了。她不该会这样的荒谬,居然敢大胆地写起书来,而且还用韵文呢!"言外之意,韵文之难,"难于上青天 ",非女流之辈所能为。可见,杨老师敢在英语商籁体诗上一试身手,非等闲之辈。

当然,读者若是以为杨老师的商籁体诗唯格律独尊而罔顾意境与情感，那就错了。杨老师的诗可用一个“真”字来概括。诗歌中洋溢的是诗人情感之真挚、真切和真诚。西人云：Stilus virum arguit.（“Style proclaims the man.”文如其人）品读杨老师的商籁体诗，一位富有浪漫情怀的诗人形象出现在读者面前：If only they had met ere marriage,/They two could have been the most worthy pair./His heart for her would make him a love-sage,/And she would turn into the greatest fair./But now he's a husband and she a wife,/Though they've been to each other feeling dear./They can only be brother and sister in this life ...(Passion) 商籁中隐约可见中国古典诗歌的影子：“君知妾有夫，赠妾双明珠；感君缠绵意，系在红罗襦。妾家高楼连苑起，良人执戟明光里。知君用心如日月，事夫誓拟同生死。还君明珠双泪垂，恨不相逢未嫁时。”（张籍《节妇吟》）当然，据说张籍的诗是政治讽喻诗，写作初衷并不涉及爱情。但是，恐怕今天的读者已顾不了那么多了，宁愿一厢情愿地解读。显然，饱读中国古典诗词的诗人在他的商籁体诗歌中植入了入中国情种。然而，生活中的杨教授看上去并不浪漫，俨然一副严谨的学者模样。我曾戏言杨老师，生活中是否有佳人“恨不相逢未嫁时”？笑答曰：诗歌是诗歌，生活是生活。不过，对于诗人而言，“书中自有颜如玉”，每一位诗人的心中必然有一位圣洁的恋人。无论是国内读博还是海外求学，杨老师邂逅的“佳人”，总能撩起他的浪漫性情，咏诗作赋，袒露心扉。这种可爱的天性的自然流露，正是一个诗人最可贵的品质。美国著名诗人华莱士·史蒂文斯有句名言：诗人看世界一如男人看女人（A poet looks at the world the way a man looks at a woman）。此言极是。譬如，波士顿的那位金发少女：“She was sitting by me, of gripping stature,/With her almighty girlhood's melting power./Diana would not outdo her pure nature,/She seemed to be timeless though so just an hour./A posing youth of her own charm did shine,/Her special figure is beyond compare,/She might not have known that I did enshrine/Her in my heart, a beauty with my care./A human goddess or a divine lass? /She was just she, a female grace near me,/An American student in this class,/Yet broke into my world, a myth to be./In my solitude comforts me her face;/In my soul she leaves an eternal trace.”(A Human Goddess or a Divine

Lass?)

杨老师的诗叙事与抒情并茂，所吟所叹，如诗人本人所言，或起于治学况味、人生感怀，或发自山水名胜、异域风情，凡有所感，自然抒写，朴实之风迎面而来。但是，他的诗歌并不流于平淡的叙事和抒情。诗人笔下的风景，常给人柳暗花明，异峰突起之感，可谓平凡中见非凡。这正应了美国简约主义雕塑艺术家兼诗人卡尔·安德烈的话，他对诗的内涵做了如下界定："诗须有惊奇之特质，于平凡中见非凡，于非凡中见平凡。诗是常规和非常规之间的一种张力。"①杨老师的诗就充满了这一"张力"，这突出地表现在商籁收尾的偶句，极富哲思。譬如，诗人某日徜徉大自然之中，倍觉心旷神怡："Deeper and deeper I enter the grove, /They are receiving me as a new flower. /We're together in vernal warmth and love, —/A grand unity brought here by God's power. /We don't have to care about where we are, /Appreciating each other near and far."（I'm Walking into American Spring）"久在樊笼里，复得返自然。"（陶渊明《归园田居·其一》）诗人笔下的人与自然达到了高度的和谐，诸如末尾两行的哲理警句，貌似平淡，却立意高远，正可谓："天地与我并生，万物与我为一。"（庄子《齐物论》）大自然升华了诗人的灵感，经典阅读同样也不时撞出诗人心灵的火花，如下面两行诗便是诗人读罗伯特·勃朗宁有感而发："So just do what thou think'st are right and great, /And do not care about thy life's poor fate."（On Reading *The Poetical Works of Robert Browning*）杨老师的诗常有起句不凡之处，如吟唱波士顿春天之美："Oh, Spring, have some mercy on my poor nerves! /Too broad a sea of blossoms greet my eye."（Prime of Spring in Boston）或是借神来之笔，如他读勃朗宁的"海外思乡"："Like birds with the raptures I also cry/In such a boundless spring from earth to sky."（R. Browning's Home-Thoughts from Abroad）"仁者乐山，智者乐水。"诗人的商籁中不少是描述他与大自然的亲密接触或是对四季更替的感悟。

特别值得一提的是，由于诗人在佛学方面的造诣，他的诗显现

① 转引自 Marjorie Perloff. Preface to *Poetics in a New Key*: *Interviews and Essays*. Manila: De La Salle University Publishing House, 2013. p. xv.

出佛家弟子对万物的理解。佛家看来，心诚则灵，诚必能专，专必能深，深必能悟。我们发现，诗人有超常的感悟世界的能力，他似乎能与大自然进行超越时空的对话："The springtide steals in as it always does，/Cold rules the season still in withered leaves，/Where you fail to hear those flying bees buzz，/But vernal breeze too soon with warm waves heaves. /Don't say that spring is late here in the north，/As you can feel and see，it has come forth."（Spring in Massachusetts）这种与自然对话的能力和穿透表象的发现能力成就了诗人的写作。杨老师的诗值得反复品尝，细细玩味。他的诗颇具哲思，因为他的写作不仅仅是"情感的自然洋溢"，更重要的是"宁静中的回忆"（华兹华斯语）。换言之，他的诗并非"情感之放纵"，而是"情感之逃避"（艾略特语）。

杨老师的诗歌用词洗练，且音乐性极强，这对于用英语创作的中国诗人来说最为难能可贵。在谈到诗歌的"音乐性"时，当代美国著名诗人兼诗歌评论家玛乔瑞·帕洛夫认为，若是一篇诗歌只是读一遍（或只听一遍）就可以被完全吸收的话，那么这样的诗算不上是好诗。帕洛夫有一句话堪称至理名言："诗乃是不可被'读'的书写形式，它只能被再读。"①确实如此，读罢这一诗集，顿时有余音绕梁之感，从杨老师自己的商籁中觅来两行，表达此刻笔者的感受："We have never experienced such grand sound/And find ourselves in it already drowned."（Attending a Concert of Boston Symphony Orchestra）

读杨老师的诗不禁令我想起才子诗人朱湘。朱湘的诗就非常讲究格律，诗句铿锵有力，意境高远，极富人生哲理。他对《诗经》的朴实、五言诗的简洁、七言诗的活泼、乐府长短句的和谐、五绝的古茂、七绝的悠扬、律体的铿锵、楚辞的嘹亮、词的流走等赞赏不已，并认为这些诗体"同西方古今任何国的相比，都是毫无逊色的"②。杨老师的诗歌在形式上遵循了莎士比亚商籁体诗，但在内

---

① Marjorie Perloff. *Poetics in a New Key: Interviews and Essays*. Manila: De La Salle University Publishing House，2013. p. 26.

② 参见维邦：《朱湘诗学》，载《故乡》2002 年 11 月 9 日，http://www.guxiang.com/xueshu/others/wenxue/200211/200211090020.htm.

容上融入了东方的情愫,因而在一定程度上丰富了英文商籁体诗。

忽然想起,杨成虎老师是安徽人,与才子诗人朱湘竟然是同乡!但愿杨老师笔耕不辍,创作更多更好的格律诗,成为今日之朱湘!

王松林

2014 年 1 月 22 日于宁波大学

自 序

这是我近十余年(2002—2013)来中英文格律诗创作的一个自选本。十余年来,在治学之余,于生活,于社会,偶有所感,抒写性情,随写随置,没有加以整理。前几年,虽有同事建议出版,总未腾出工夫定稿。近日,与宁波(政协)诗社社长李亮伟教授谈诗请益,李兄建议整理一下旧稿,可考虑在宁波出版社出版,归来思之,觉得近十余年所作,结集出版,也是一个纪念,遂投入了一些工夫遴选,定稿,并作脚注,形成了该书现有的面貌:中文诗266首,英文诗56首,计322首。这也是我第一部中英文合集的格律诗选。

这些作品反映了我近十余年来的生活经历,包括工作调动、治学况味、人生感怀、国事民生、师友过从、山水名胜、异域风情等。

自津至甬的工作调动,是我近十余年事业和人生的一大转折。自北至南,风土人情之异,给人以不同的体验。北方气候干燥,冬日偏冷,山川俊伟,铁马秋风,给人豪迈之情,但人际复杂,有才难使,蹉跎岁月,在夹缝中生存,在偶遇的机会中成功。故在离开所在城市之时,留下了这样的诗句:"津门回望片云浮,北国无端十五秋。来去轻轻迹何在?晓风送我出城楼。""养性修身自在天,一朝圆满在人先。幸无适俗留真我,野鹤闲云十五年。"至甬后,作《移家赋》,以记殊感,兹录于下:

> 节候移律,时维庚午新秋;杨子离津,举家徙于明州。初来甬上,水乡明秀;虹如彩桥,云似行舟。卜居至善至善楼,在宁波大学文翠新村,环境清幽。再移新室,更上层楼。知风物之新奇,见鄞鄮明州古县名之古久。
>
> 妻感而叹曰:忆昔占房成家,打点领导。居房无多,迁动不少凡四次。图安身而动气;为蜗居而折腰竟为一室蜗居而找领导数次。霍落契阔,市井犹觉心远;泛宅浮家,天涯独叹身遥。

余谓妻曰:万物逆旅,枢轴天枢地轴悠悠。区区百岁,上下索求。尘迹飘零,为生活而拘俗世;物外逍遥,慕仙山而赴瀛洲宁波为海滨城市,东有北仑港口、舟山群岛、桃花岛、朱家尖。出樊笼而返自然,远市嚣而到海陬。置身东南,领受无数风物;寄情江海,相亲多少沙鸥。田野沃畴,日涉以成雅趣;近水遥山,闲中尽得优游。浮生浪迹,着处为家。随遇而安,自得风华。识微尘于世界,得春风于柳下。目之所遇,重湖叠巘;耳之所闻,渔翁莲娃。沐东海之明月,享前贤之菁华。托迹新村,文萃行花间幽径;读书午夜,蕉叶映雨里窗纱新居书房床前,芭蕉掩映,一片清趣。高歌伴琴,闭户多暇陶渊明《归去来兮辞》:园日涉而成趣,门虽设而常关。王维《春日与裴迪过新昌访吕逸人不遇》:闭户著书多岁月,种松皆作老龙鳞。

妻与余相视而笑,如释重负。云瓦山墙,天地吾庐。于是共结草堂,同师老杜杜甫有成都草堂;经营新家,温馨如故。感雪泥之鸿爪,为移家之新赋。

南方小桥流水,山明水秀,亦录于诗中,如:《庚午正月初六嵊州道中》:"孰使诗人醉意浓?置身山水几多重。江南最喜春来早,一路看花到越中。"《车中游东钱湖》:"遥山过眼屏屏翠,近水回身点点烟。亲历东钱湖上景,胜于一枕作游仙。"《玉兰》:"数枝彩笔对天皴,画出江南一片春。客子诗思犹未发,裁笺字字已缤纷。"江南山水,花鸟草木,令人印象深刻,流连忘返。

近十年在治学方面亦有进步。从语言学研究扩展到楚辞翻译研究,从赴瑞典讲学到赴京读博,从赴美进修到佛经翻译研究,这些修炼过程在作品中也有记录。如:《许渊冲先生翻译论》:"噫译一依伊意猗,咦译怡颐宜迻夷。唉译倚绎以已矣,吃译易义益异艺。"《楚辞学国际学术研讨会暨中国屈原学会第十届年会圆满闭幕,余首次躬逢盛会,与名家耆宿结识,问学颇多,受益匪浅,喜赋七律一首以贺》:"金秋古蜀集群贤,奥义深窥屈子篇。砥砺文章三昧后,商量学术大家前。论题互异无非识,萍水相逢都是缘。绿岛林高多硕果,不知今夕是何年。"《新注〈楚辞〉感赋》:"《楚辞》学问两千年,参与其间有圣贤。屈子文章深且雅,诸君见解后承前。嗟余染指功夫浅,愿此传神世界先。日月齐光长耀眼,连通中外启新篇。"《飞往哥本哈根,途中书所见》:"高空何所见,万里白云流。我岂庄生者，亦作逍遥游。飘然能羽化，来看北溟秋。仰首天如盖，回眸隔几洲。过罢蒙俄国，异域一望收。前贤驰想象，未与赛生(science)谋。泛槎原是梦，揽月亦妄求。邓林何处是，夸父足应瘘。我辈追西日，已将时刻留(今记之时差，北京时间夜里12:30，哥本哈根乃下午6:30)。人文倡中国，格致学西欧。丘云天下小，我觉地如球。折桂称高手，登仙展远猷。北飞来瑞典，讲学显神州。更期结文理，灵学(即linguistics之学)振寰沤。"《瑞典讲学归国，留别Ottosson博士及Kristianstad大学》："休言聚散太匆匆，万里文缘一线通。独向西人传汉史，兼谈译学显宗风。兵营已换诗书府，圣世犹宣教化功。二十秋晨晴日丽，映天芳草碧无穷。"《拜师》："海阔山深路阻长，飘零书剑欲何方？屡经尘迹劳筋苦，未悔平生问学忙。几度纵横逢日暮，一番波折上莲堂。即今修道宗风里，花雨诸天永沐芳！"《2008年6月博士毕业，感赋辘轳体五首》之一："三年辛苦不寻常，总为平生事业忙。夜雨孤灯频展卷，春风别梦独吟章。京华托迹征鸿渺，鴂舌通神大道长。立雪而今能入室，喜穷幽讨上莲堂。"《波士顿多尔切斯特海湾漫步》："鸥鹭亲人聚海湾，沙滩漫步得悠闲。眼前一片新天地，万里深蓝对浅蓝。"《游柏林禅寺》："自喜情身别有缘，雨中遥识赵州禅。吃茶物我浑参透，洗钵空无印证全。玄奘留踪名刹显，从公驻锡北宗传。观音殿上思灵验：觉悟人生大众前。"《听山崎妙圆上人讲解日本僧寺制度》："一袭僧衣着素心，灵山乘月自东临。法华频诵年华艳，愿力加持功力深。精进修行臻勇猛，慈悲普度近观音。口宣故国檀家制，澹荡襟怀合众钦。"虽然这些只是治学求知道路上的斑斑点点，但也是所经过的航标和驿站。

近十余年来，人生际遇，感慨系之，形诸吟咏。如：《中秋感思》："何须悲摇落，秋乃小阳春。月逢最明夜，黄花瘦可人。宋玉原风雅，陶潜自本真。团圆留好梦，佳兴付诗神。登临来阊阖，俯仰念人民。风光开境界，俗怀安可陈。清蛩毋用泣，时序永长新。"《如梦令》："昨夜长谈往事，一对深情兄妹。闲里拾朝花，几许人生况味。无寐无寐，冷月临窗照泪。"《2004年岁暮感赋》："笑语东南数岁华，一年容易送生涯。阴晴变幻寻常事，得失权衡智慧花。暂赚悠闲堪醉饮，偶添烦恼莫深嗟。阳回律转春光又，海日江风暖万家。"《睡莲赋》："心生佛性天，意出道人篇。碧叶留仙影，清香结世缘。回头非苦海,立命在深渊。一朵蟾光里,悠然自在眠。”“世事纷纷扰,难惊稳睡身。清凉回水国,香艳逼阳春。雅态同君子,幽姿共美人。众生须普度,故显在红尘。”《癸巳年六月廿八日夤夜,左上后一颗板牙脱落,赋此》:“人到中年已,离身一龋齿。犹如太湖石,可怜无完体。凄然两相向,捧在手心里。恍惚生感触,心惊何可比?牙缺思鼓腮,不敢张大嘴。迟知退密心,早觉昌黎耻。余牙应护惜,晨夕常清洗。此牙已物化,从今成异己。原本白如玉,谁期一蛀毁。怪洞穿坚质,大孔通到底。炎凉忠实伴,长年频驱使。天天共呼吸,夜夜同行止。默然帮吟诗,殷勤助嚼米。悠悠天地间,人生是谁给?父母应不知,万物因缘起。命运常随化,超然视生理。生前本无物,死后成新鬼。忽有吾人身,双亲为开启。身体盍长大?吸收食膏旨。天地动不居,昨我成今你。牙齿为何物,初生本无此。六岁换一遭,当时已重始。今夜新周期,天机应有以。见龙已在田,亢龙自有悔。断灭我人相,成住坏空几?无得亦无失,何分生与死?只当是初生,权作成年礼。”人生天地之间,俯仰之间,而成陈迹,所遇兴感,录入文字,以成回忆之资。

国事民生在近十年来亦颇多,兴来之时,走马成之。如:《伊拉克战争感赋》:“踏云阿母自西来,猿鹤虫沙事可哀。一顶蓝天谁共戴?穆王移籍去蓬莱!”《观2008年北京第29届奥运会开幕式感赋》:“鸟巢归凤龙,万国聚诸公。奥运逢高会,宾朋满绛宫。瑶台开大吕,阊阖击黄钟。千众鸣玉缶,五环腾太空。礼花追帝迹,圣火逐云踪。篆楷和谐里,河山画卷中。雍容舞八阵,激昂歌大风。人文呈异彩,科技克群雄。星汉飞桥架,嫦娥舞袖红。五千年伟绩,三十载丰功。情怀抒壮阔,气势起恢宏。中华圆梦日,有幸我躬逢。”《行香子·癸巳中秋咏月》:“皓宇澄鲜,禹甸欢颜。正人间,佳节当前。盈虚适度,朔望周全。共此时清,此时亮,此时圆。　摇情满树,飞镜留鸾。照吹箫,弄影翩翩。浮槎远泛,碧海青天。致美人奔,诗人问,羽人攀。”《孔子2564周年诞辰感赋》:“孔孟朱王古圣贤,伦常一续两千年。维新五四加文革,激进怀疑复倒颠。道德如今频触底,精神返本要回天。中西体用兴亡训,教育调和勿再偏!”忧国忧民乃吾曹吾辈之职责,良知所在,孰是孰非,所喜所悲,小善大义,不能不发诸笔端。

近十余年来作品中亦留有师友过从之迹，深情厚谊，聊以言表。《8 月 4 日在合肥安徽建工学院见同乡王国存副教授，喜赋》：“旧容初见两惊心，别后沧桑语自深。夜雨书灯人影瘦，廿年无改是乡音。”《赋安徽大学 1983 届英语专业同学聚会》：“相逢旧雨识风华，廿载云烟烂漫花。笑语樽前添智哲，杯盘醉后任横斜。因缘已结三生里，聚散为齐四海家。意气而今勤共勉，扬鞭又指向天涯。”《贺汪榕培先生七十华诞》：“九畹兰馨闻迩遐，当今玄奘笔生花。同行祝酒情何限，弟子添杯兴更嘉。中矩人生逢七秩，名山事业号三家。传神达意非常译，学海逍遥泛汉槎。”《赠别金友博先生》：“匡时正俗早钦君，国学钩沉护典坟。孔诞求真洵灼见，迂书补解实多闻。半生潦倒悲芹圃，一世才华叹广文。鬓影萧萧归去也，凤歌声里卧松云。”《挽武姜生师兄》：“病魔形役两相摧，迹断中年命亦乖！半世文章谁续做，一家老小咋安排？宿交唯有书回忆，再晤除非梦往来。未料平生多少恨，寝门哭罢尚余哀。”《集清人句赠文安兄》：“每嗟相见太匆匆（朱彝尊），身似孤云无定踪（释敬安）。从此与谁谈古处（龚定盦），石床对语羁愁空（吴伟业）。”《与徐改平博士网上论甘肃文人》：“煮酒无缘兴却浓，清宵网上论英雄。我如玄德称流俗，君似阿瞒眼底空。”《读陈洪勋社长新诗，感赋》：“我成员半千，诗咏自飘然。喜雪生童趣，阅蛇期舜年。辞新如靖节，气正逼青莲。得意忘宵永，惜兹酬唱缘。”《浣溪沙·谢毛燕萍社长惠赠书法作品选集》：“健笔凌云四海行，妙书众体趣纷呈。沧流自在一舟轻。 扇幅笺帧开简劲，真行隶草得疏清。诗中托迹画中馨。”《行香子》：“桂子飘香，雁子回翔。正中秋，雅集同窗。风云卅载，热泪千行。竞问平安，谈儿女，论家邦。 相逢忆旧，两鬓添霜。共今宵，醉又何妨？情珍往日，泽惜遗芳。要对昏灯，牵襟带，诉衷肠。”“To My Colleague-Friend Prof. Zhou Ping Leaving for Britain to Pursue Her Doctor's Degree”：“Thou leavest the Cold Day here for Western Spring. /This simple verse wilt fail to tell my heart; /Would that happy news to me thou dost bring. / While newly acquainted, we're hard to part. /Alone, a sea of Classics thou dost seek /And burnst thy midnight's oil to shed thy light. /Before learning thou art ne'er, ne'er so meek;/Like heroes thou art 'gain summoned to fight. /Along with Western sages thou art t' stay, /From whom thou wilst meet many wonders fair. /To final truth thou art sure t' find thy way, /Yet books and looks both need thy special care. /Like Tang Xuanzang, thou wilst return from th' West, /Again I'll meet thee in rosy cloud dressed." "On Reading Prof. Zhou Liuxi's Poems and Translated Poems": "Who saith that verses are a trivial thing? /They are made only by a master-hand, /Who hath drunk very deep the Pierian spring, /And hath created such a wonderland. /Who can present us a world of surprise, /A world of splendors touching all our hearts, /A world of beauty unseen by our eyes, /A world where we ascend the heights of arts? /Much have I traveled in the realms of Muse /And read Chapman's Homer in English lines, /But first met this source of joys that diffuse /In different tongues that our bard combines. /The eloquence hath been achieved so well /That commoners are too dazzled to tell." 人生之中同仁友朋，相逢都是缘，更何况有同好。人生羁旅，聚散匆匆，一颦一笑，俱足珍惜，录之诗中，以为永久。

旅游中的山水名胜是我作品中的主要内容。这些作品中除去喜爱之情外，还有一些寄托情怀和拍古人之肩的吟咏。如：《重登泰山》："已得前贤意，更探岱岳幽。足离尘世去，身共白云游。万壑寻仙府，九霄观地球。南天门出入，宇宙内搜求。"《访金华观》："幽林石径曲能通，鸿爪东阳访赤松。石瘦堂前留道骨，梅香院里起仙风。化羊绝艺因天巧，养素真人受宋封。古观千年回望处，白云缭绕几多重。"《游蜀南竹海海中海》："已得湘君意，复逐湘君路。群贤踵旧踪，疑到潇湘浦。万竹映清波，一棹悠然渡。随山将数转，新景几延伫。临水立佳人，幽居隐烟雾。清流和欸乃，空山闻鸟语。此地留诗心，人归更何处？"《圣城郊外闲步书所见》："圣城闲步入途遥，碧草萋萋古树高。别业纵横忘远近，幽村掩映识华豪。相逢主客依依语，路转风光处处娇。不是桃花源里事，打头苹果满枝摇。"《忆同妻到九峰山探梅》："日暮天寒叠嶂遮，临篁近水访林家。当时已觉非人世，况是如今别梦赊。"《游天柱山》："山唤皖公未了青，远人千丈起豪情。车行玉带登天去，滂沱帝遣雨相迎。清凉世界离尘嚣，一霎成仙喜不胜。峰前馆阁天台遇，阮肇后身亦自惊。飘然随雾临禅院，新修庙宇佛光灵。修篁冉冉殊风韵，雨霁山云四野轻。飞泉挂壁开图画，天柱遥看似玉笋。

千岩万壑神仙府，晋字唐诗石上声。人间欲返疑无路，阊阖徜徉一虹横。风雨经来途壮阔，心魂一洗自由行。此游已接天人际，归来相忆慰平生。”《庚寅清明访云溪寺》：“脱却尘嚣别有依，西来大隐访招提。遥思说法千年址，不觉飞花十里溪。梦影生缘参宝殿，禅心托迹上丹墀。藏经阁下云归处，兀见天龙隐隐栖。”《鹧鸪天·访奇奇田园文化村》：“子骥于今入洞扉，史家旧迹访幽微。山前院落欣欣往，陌上花开缓缓归。　村女倩，鳜鱼肥。行人驻足语依依。叩门闲趁三分月，细雨斜风好采薇。”《鹧鸪天·域外早春》：“几处春从地上归，一丛新绿破荒泥。草坪山下芳弥远，野菜坡前叶渐肥。　经巷陌，跨东西，诗家清景在深微。已从梅外知消息，岂待东风缓缓吹！”《游东林寺》：“香炉耸处散云烟，梵宇清幽西麓前。一片经声临净土，六朝僧迹访林泉。沙门道洽称标格，般若台高拜觉贤。回望莲华怀慧远，虎溪已过尚流连。”《癸巳年暮春登滕王阁》：“愧卢千载踵芳华，一阵风临帝子家。勃绪文章延日月，玉鸾歌舞散云霞。乾坤槛外随流转，翰墨胸中自竖斜。独对苍茫倚高阁，四帘闲旷卷轻纱。”《游老界岭》：“来游老界岭，陇首为寻仙。老子曾归隐，伏牛正熟眠。清凉分沆瀣，屹立共荷莲。犄角尖头望，身临大壑前。” “I'm Walking into American Spring”：“I'm walking into American spring, /In the blooming woods of far-reaching green. /I do not know where the route will me bring, —/A view I've never experienced or seen. /Bright flowers, many kinds of them at me smile, /And I smile back to them although some fade /Whether on trees or on the ground they're worthwhile, /They are just like many a scented maid. /Deeper and deeper I enter the grove, /They are receiving me as a new flower. /We're together in vernal warmth and love, —/A grand unity brought here by God's power. /We don't have to care about where we are, /Appreciating each other near and far.” “There's a House I See”：“There is a house amid flowers high and low, /About ten rooms and a graceful A-roof, /I cast a look back when uphill I go, /So tranquil and fine with no busy hoof. /A house in fairyland with its doorway /Extending to my world, I dream sometimes, /Where only with my beloved fair I stay, /And read the great universe to make rhymes. /My fair love reads them and shares my emotions, /She always smiles in our spiritual life, /And understands every bit of my notions, /Completely ridded of the human strife. /Alas! The house in serene spring stands there, /But where's my ideal living and my fair?" "Written upon the Top of High Point": "Oh, High Point, hometown of Quincy Adams, /Now I ascend to see thy farthest view. /Into my wide open eyes a scene slams: /All lost into horizon old and new. /The wooded crag remains what 'twas before, /When the new people came to the new land, /The sight I see beneath my feet is more /Than th' President in the Document planned. /The soaring bird flies to the setting sun, /Which dumps my shadow long and proud aground; /The aimless clouds in boundless heaven run /Whilst blooming sprouts in gentle breeze are found. /The spring is tracing out of withered leaves, /Where I await what further th' States achieves." "Spring in Massachusetts": "'Tis now mid-March when boughs begin to sprout, /When meadows are dotted with verdant grass; /When new green shoots from earth are springing out, /You may stop here to gaze or gently pass, /Before all land is dyed in rosy hue, /Before all gardens crowd with varied flowers, /While visitors to scenic spots are few, /While most blossoms remain in sleeping hours. /The springtide steals in as it always does, /Cold rules the season still in withered leaves, /Where you fail to hear those flying bees buzz, /But vernal breeze too soon with warm waves heaves. /Don't say that spring is late here in the north, /As you can feel and see, it has come forth."佳山胜水，无论中西，皆令人赏心悦目，徜徉其间，时有忘我而与万物混一之感，使自己与天地参，与天地行，与天地共，与天地恒，而将这些感受达之以诗，不亦乐乎！

我于2005年和2011年两次出国讲学和进修，在此期间，游历了瑞典、德国和美国等异国风景，体会了风土人情，在作品中也有表现。如：《黄昏散步》："秋声动远客，散步咏凉天。圣城东向去，却从北向还。暮风徐徐至，归鸟鸣嗛嗛。道静行人少，村村灯火连。屡闯新境地，奇处得窥全。适身兼适意，已是趣无边。闲云浮四野，我意更超前。人生非逆旅，往来任自然。"《波士顿春感》："镇日香风扑客怀，绿红相映上衣来。人家十九栽花树，户外窗前次第开。”《波士顿仲春出游》:“多谢春风细剪裁,万花争艳一时开。化身千亿心难足,带笑寻常冠易歪。他意依稀消绛海,此身仿佛到瑶台。巡游我起君王驾,彩袖宜修浩荡来。”《访来克星顿康桥》:“画载康桥一虹横,鸟喧已换旧枪声。游人莫问当年事,国史都教血写成。入海沧流卷细波,至今犹诵哲人歌。自由花好谁浇灌,偏是丹心英烈多。缅怀英烈访春风,又到人间四月中。枝上杜鹃桥上血,一般鲜艳一般红。一样康桥两样情,英为恋爱美捐生。轻轻我亦挥衣袖,作别云霞举义旌。”《浣溪沙·与文安兄同游Arnold Arboretum 植物园》:“大好城南一角丘,杜鹃如火复如绸。客中难得此园游。 快鸟声声评景色,狂生口口说春秋。四厢花影意悠悠。”“Daffodils beside Sacred Heart Church”:“Oh, daffodils, fair daffodils, /Having bloomed in Wordsworth's grand verse, /Thou com'st hither when linger chills /So that spring here will not immerse. /In lines so neat beside the church, /In breeze thou dancest with a lurch. /Thy face is golden, thy dress green, /So young, so sweet, so slim, so fresh, /The fairest flower I've ever seen /And would that God cast thee in flesh. /Thy beauty stops those passing by, /And captures me, a poet-guy. /For now, I see thee as a fair, /A reborn lass in special grace. /Thy tender growth requires my care,—/ A patron of thy smiling face. /I only nourish thee with love, /As a celestial from above. /Thou shinest here in bless of God, /Making a scene, unknown thy whence. /A bed of clay just as thy sod, /Thou bloomest at the human fence. /A spirit turned to life is all /That, with a charm, holds me in thrall.”“The President's Golf Course”:“A vast stretch of green blanket over hills, /Leisurely dotted with trees here and there, /Where roads lead to distant pools of sand like pills, / And now the grass, 'gain, is tender and fair. /I come here to take a walk many times, /Or find a place to sit and start to read. /The beautiful view inspires my good rhymes, /Where a pond looks like a mirror of bead. /Occasionally, some golfers greet me /When they pass by and to them I smile back, /Nowhere else boasts of such serenity, / Something worth, but the busy world does lack. /Yes, I'm here to enjoy the sun and breeze; /An idyllic life puts my heart at ease.”雪泥

鸿爪，落于异域，追之以梦，忆之以诗。

近十余年来，我在加入了中华诗词学会之后，又加入了宁波（政协）诗社，并做了一些工作，参加了一些活动，参与编辑《当代宁波诗选》，为宁波市老年活动中心授课，为宁波大学学生文学社团讲解诗词格律，与周边同仁和领导谈诗词创作，获益不少，提升了我的创作。我的作品获得了同行的认可，这令我很欣慰。在此，我想谈几点对格律诗创作的认识。

第一，格律是诗歌的基本构件，虽然不少（新）诗人因不懂而不遵守，甚至反对，但这一优秀的传统必须得到坚持传承，并须发扬光大。无论中文诗，还是英文诗，只要掌握了格律的基本规律，它不但不会阻碍创作，反而使创作更加有章可循。中文旧体诗在改革开放后中兴，各地诗词组织林立，作品数量超过新诗，有质量的作品也不鲜见，就是有力的证明。就格律而言，新诗的探索至今尚未成功，没有一套可行的格律诗体，加上一些人将新诗创作引向革命口号、晦涩朦胧或下半身写作等歧途，致使新诗的命运令人担忧。毋庸讳言，诗坛，乃至诗歌翻译界，很多人都认为旧体诗已经寿终正寝，有意选择新诗体以及语体诗形式进行创作或翻译，而其不符合人们心理规律的语言形式或欧化了的句子差不多阉割了汉语诗歌。还有一个现象就是中文旧体诗是作为高雅的象征进入文学的殿堂。一些已经成名的文人诗歌写作或著名的画家题画都要选择旧体诗，而非选择新诗，尽管这些新成名的文人或画家的旧体诗修养尚不高，作品尚不成熟。由此可知，格律是我们必须恪守的、遵循的，不能凭着个人好恶或偏见轻言废弃。我多年来的恪守和坚持正是出于旧体诗应后继有人的考虑，当然我还要继续加深修养，更加自如地运用格律，并思考如何在语言上将格律现代化，将语言现代化。中文格律如此，英文也一样。我写作英文诗，除了个人爱好外，还有一个目的，就是更好地进行中国诗歌典籍英译，为其打好基本功；同时也在努力寻找中英文格律诗创作的共同规律。

第二，格律诗创作从继承和创新上讲还须加深文学传统的影响，多读多写，学以致用。诗歌创作不是登壹学问，但没有传统继承、割裂历史的诗歌创作同样是不可取的。关键是处理好继承与创新的关系，不能讲了继承，忘了创新，或者讲了创新，不要继承。

我多年来的中英文诗歌创作虽然水平有限,但还是在努力探求两者如何统一。钱锺书先生编有《宋诗选注》,将宋代名诗的创作与前代作品的机制和技法打通,寻找创作的规律。可以说,钱先生的选注将宋诗的继承与创新进行了极深的探索和总结,给了我创作不少启迪。拙书中对引用前人创作的地方进行了脚注,目的有两个:一是对作品出色之处不敢专美,指明受到谁的影响,用了什么典故或改造了什么成句,明确了继承的具体内容;一是引用后的创新,指出在我的诗中某些语言方式表达了新意,为整首诗创造了新的意境,创造了新的意象。由此突出了诗歌创作中多读多写,学以致用的具体路径。多年以来,我在创作中,反复锤炼诗句,多次掂量使用什么恰当典故,权衡用典与新意表达的关系,这部做了脚注的选集算是向读者的一个汇报。

第三,诗歌是要讲求意境这一最高美学准则的,如果一首诗意境不好,那就等于没有成功。意境不好的诗,哪怕是再创新,都不会为人们所称赞的。无论是中文格律诗创作,还是英文格律诗创作,我都将意境的问题放在首位。本集中,虽然所选作品在意境上尚不一致,但我努力营造的是一种人与自然合一的悠远之美,语言上追求的是学人的那种清词丽句和一种典雅而又闲旷的境界。随着创作经验的积累,我的后期作品在闲旷意境的追求上似乎较前期有所进步。但这些作品的意境究竟如何,还需读者的检验。

第四,中英文格律诗虽有文学传统的差异和语言特征上的差异,但在创作上却遵循着一些共同的规律。中英文诗都讲究含蓄简约,讲究意象创造,而且在格律上要求较为严格。比如英文商籁体(sonnet)就规定了严格的五步抑扬格十四行诗,押韵一般遵循ababcdcdefefgg,分成四段,第一、二、三段为四行,用的是单行和双行隔行押韵,最后一段为双行,用的是英雄对偶句(heroic couplet)。四段的结构功能分配也是起承转合,不符合这一要求的恐不能算作商籁体。在长期的摸索中,我的商籁体诗创作基本上遵循着这样的规则。商籁体是英文短诗体,多以抒情为主,这也比较符合中国诗歌的抒情传统。我创作英文诗的明确目的就是学会写作英文诗,为中国诗歌英译寻找感觉,同时也为诗人译诗创造条件。

第五,关于诗歌创作的语言问题。此集中,我基本上使用的是汉语古典诗歌语汇以及平水韵和词林正韵来进行汉诗创作，当然在一定的地方也使用了当代汉语的一些语汇，如，《挽武姜生师兄》："半世文章谁续做，一家老小咋安排？"宁波工程学院的古代文学教授，我的中学语文老师黄昌年先生以为，"一家老小咋安排"虽然十分深情，但也过于白话，以至于显得与原文不协调，由此可见，如何将当代语汇融入传统格律诗仍是一个值得深入讨论的问题。英文诗的语言运用中，我基本上使用了现代规范英语，但也保留了一些英诗传统用语，如在一些地方我使用了 thou，wilt 等词语，这也是英诗中常用的语汇。

此集中也选了一些唱酬应景之作，这对选集来说并非应为之事，实可删去。李兄亮伟教授对此良莠不齐之选有中肯的批评，我实以为然。之所以保留一些是因为这个选集也代表了我近十余年来的人生经历，存此类作品，意同实录。

感谢宁波大学中国古典文学研究专家、诗人、文学院中文系原系主任李亮伟教授在百忙中为我的中文诗作序；感谢宁波大学英美文学研究专家、诗人、外语学院英语系系主任王松林教授拨冗为我的英文诗作序。他们对拙作进行了褒扬，也有一定的批评，字里行间深深地表达了我们同仁之间的深情厚谊。在此，我还要特别感谢苏州大学出版社的汤定军先生，是他的鼎力相助和出版让利，拙书才得以出版。

这部选集在定稿中对部分作品的词句做了适量的修改，使其更为得体，或在意境的提高上有所帮助。虽然如此，所选作品一定还存在着不少瑕疵，敬希读者方家批评指正。

杨　虚

甲午年正月二十日

于宁波大学竹云轩

目 录 Contents

中文部分

英文部分

中文部分

七绝

篇篇本事[①]忆平生，欲待芟除惜未能。珍重英雄儿女意，一桩一件总关情[②]。

辛巳年腊月三十于火车中

远把湖山看一回，奔龙更挟白云飞。眼前妻女陪余笑，胜似姜夔一舸归[③]。

火车除夜又何妨，应许诗人发一狂。道是人生原寄旅，不知何处是他乡[④]？

楚吴旧地[⑤]着游踪，子夜蛇龙接马龙。胜景窗前看不尽，烟花染得漫天红。

庚午正月初六嵊州道中

孰使诗人醉意浓？置身山水几多重。江南最喜春来早，一路看花到越中[⑥]。

甥女自家乡购得一盆兰花至津，感其幽香来自山野而不变，赋此

甥女携来几箭兰[⑦]，清香赏罢赏清颜。野芳入市心依旧，且把阳台作故山。

---

① 昔余曾作本事诗。

② 郑板桥《潍县署中画竹呈年伯包大中丞括》："衙斋卧听萧萧竹，疑是民间疾苦声。些小吾曹州县吏，一枝一叶总关情。"

③ 姜夔《除夜自石湖归苕溪》："长桥寂寞春寒夜，只有诗人一舸归。"

④ 李白《客中作》："但使主人能醉客，不知何处是他乡。"

⑤ 车经安徽入江苏时天色亦方晚。

⑥ 杜牧《念昔游》："半醒半醉游三日，红白花开山雨中。"戴叔伦《兰溪棹歌》："凉月如眉挂柳弯，越中山水镜中看。"

⑦ 屈原《离骚》："余既滋兰之九畹兮，又树蕙之百亩。"

庚午正月初六重晤同窗陶文好于宁波

无心师老杜①，晤友入诗篇。人生百岁尔，故旧几回圆？十多年不见，消息隔云端②。今日复何日，飞身东海边③。握手惊人变，旧容相忆间。昔别君未婚，呼叔有令媛。弟妹今相见，形容称淑贤。堂前窗几净，屋后草花妍。言谈未及已，电话响连连。话里传佳讯，投师竟一源④。同乡珍一晤，笑语供寒暄⑤。筵席实丰盛，百味叫难全。最喜家乡菜，一盘糯米圆⑥。古井称清冽，开怀尝海鲜。飞觞兼传斝，不觉至暮天。乘醉游宁大，诗情满校园。挥手从此别，何时续古欢？

宁波范宅购《明州系年录》，阅之，赋诗二首

越吴旧地史能详，鄞鄮曾经富庶邦。觅宝千帆通四海，争流百舸汇三江⑦。

人物风流各自殊，张家名节范家书⑧。明州一改宁波府，六百年间未坦途⑨。

---

① 杜甫有《赠卫八处士》。

② 余与陶兄自八八年一别，至今已十四年矣。

③ 宁波大学在宁波至镇海的半路涨，陶于此工作已届十年。

④ 陶言他所投之师也是周流溪老师。

⑤ 时谢阳群、孙宝寿、蔡先凤在座。

⑥ 糯米圆本安徽人过年之传统菜，十四年未尝矣。

⑦ 据《年录》载，宁波古时为吴地。越灭吴时，囚夫差于此。宁波古时有鄞县，汉代建治。又有鄮县，今不存。

⑧ 张煌言，号苍水，明末民族英雄，鄞县人。清兵入关后，举义兵抗清于舟山群岛，受南明兵部尚书。后见复明无望，乃散兵，清拘至杭州就义。范钦，范仲淹之后，在宁波建天一阁，取天一生水之义。

⑨ 观《年录》，宁波在明代初年改名，前此曰明州，因与国朝同名，故改。洪武二十年（1381），鄞县人单仲友奏明朝廷改名。

庚午春于津门见桃花①

粉黛归来已化身，当年崔护②不知因。我今幸识香君③面，每岁枝前伴美人。

庚午初夏甬城见杜鹃花喜赋

廿年不见杜鹃红，南国山川一梦中。毕竟春风词笔在，漫天霞朵赋云空。

车中游东钱湖

遥山过眼屏屏翠，近水回身点点烟。亲历东钱湖上景，胜于一枕作游仙④。

游盘山

远逐风流帝⑤，盘山踵旧踪。襟前生晓日⑥，脚底耸云峰。问佛深林静，寻源细水穷。京东名万古⑦，写入小诗中。

离津

津门回望片云浮，北国无端十五秋⑧。来去轻轻迹何在？晓风

---

① 时在二月初三。

② 崔护《题都城南庄》："去年今日此门中，人面桃花相映红。人面不知何处去，桃花依旧笑春风。"

③ 孔尚任《桃花扇》主人公李香君。

④ 张彦远《历代名画记》：宋宗炳，字少文，善书画，好山水。西涉荆巫，南登衡岳，因结宇衡山，怀尚平之志，以疾还江陵，叹曰："噫！老疾俱至，名山恐难遍游，唯当澄怀观道，卧以游之。凡所游历，皆图于壁，坐卧向之。"倪瓒《顾仲贽来闻徐生病差》诗："一畦杞菊为供具，满壁江山入卧游。"

⑤ 乾隆皇帝曾二十八次到盘山，并言"早知有盘山，何必下江南"。

⑥ 余与妻女及甥女 7 月 7 日 5 时半登山。

⑦ 盘山为京东第一山。

⑧ 余自 1988 年春至津工作，至 2002 年夏离津赴甬，十五年头。

送我出城楼[1]。

养性修身自在天[2]，一朝圆满在人先。幸无适俗留真我，野鹤闲云十五年。

游趵突泉

胜迹人间涌美名，今朝鸿爪落泉城。游踪一接前贤迹，便觉文思比水清[3]。

访李清照纪念馆

柳荫深处访词人，翠羽明裆红瘦身[4]。漱玉泉清文思秀，像前相叙笔来神。

参拜观音殿[5]

无边佛法识微尘，一显庄严万丈身[6]。我有因缘今到此，独从妙相得精神。

重登泰山[7]

已得前贤意[8]，更探岱岳幽。足离尘世去，身共白云游。万壑寻仙府，九霄观地球[9]。南天门出入，宇宙内搜求[10]。

---

① 余于2002年7月28日晨离津。

② 天津十五年工作期间，余基本不参与人际是非，专务教学、科研及诗歌创作与翻译。

③ 离津赴甬，途径济南，游之。

④ 李清照塑像端庄之装束如此。

⑤ 在济南千佛山。

⑥ 此处观世音菩萨造像十分高大。

⑦ 余曾于十余年前初登泰山，2002年7月31日为二登泰山。

⑧ 孔子曾登泰山而小天下。杜甫《望岳》："会当凌绝顶，一览众山小。"

⑨ 杜甫《望岳》："造化钟神秀，阴阳割昏晓。"此二句或出其右。

⑩ 屈原《离骚》："路漫漫其修远兮，吾将上下而求索。"

8月4日在合肥安徽建工学院见同乡王国存副教授，喜赋

旧容初见两惊心[1]，别后沧桑语自深。夜雨书灯[2]人影瘦，廿年无改是乡音[3]。

送周平教授赴英攻读博士学位

明州执教结文缘，短暂相逢赋别篇。问学亲临三岛国[4]，修身欲到大罗天[5]。降来东土[6]新清照[7]，列入西方古圣贤[8]。远影[9]从今唯怅望，半空明月半空烟[10]。

谢校及人事处领导春节前看望并赠鲜花一束[11]

傲雪凌霜瘦有姿，一枝疏影乍临池[12]。暗香已得春消息，正待东风烂漫时[13]。

---

① 李益《喜见外弟又言别》："问姓惊初见，称名忆旧容。"

② 黄庭坚《寄黄几复》："桃李春风一杯酒，江湖夜雨十年灯。"

③ 贺知章《回乡偶书》："少小离家老大回，乡音无改鬓毛衰。"

④ 指英伦三岛。

⑤ 道教三十六天最高一层称大罗天，乃最高最广之天也。《云笈七签》：玉京山冠于八方，上有大罗天，其山自然生七宝之树，一株乃弥覆一天，八树弥覆八方，故称大罗天也。

⑥ 吴承恩《西游记》叙唐僧西天取经途经各国时，介绍自己常用"贫僧来自东土大唐"一句。

⑦ 李清照，此处借指周平教授。

⑧ 周平教授赴英研习古希腊哲学。

⑨ 李白《黄鹤楼送孟浩然之广陵》："孤帆远影碧空尽，唯见长江天际流。"

⑩ 韦庄《送日本国僧敬龙归》："此去与师谁共到，一船明月一帆风。"

⑪ 时在2003年2月10日。

⑫ 林逋《山园小梅》："疏影横斜水清浅，暗香浮动月黄昏。"

⑬ 毛泽东《卜算子·咏梅》："待到山花烂漫时，她在丛中笑。"

玉兰

数枝彩笔①对天皴，画出江南一片春。客子诗思犹未发，裁笺字字已缤纷。

羊年走笔

新年趁醉贺春厘，运转温文意自奇。笔走龙蛇抒远志，五皮身价②发挥时。

江南春绝句

春到江南景更迷，玉兰含笑杜鹃③啼。游人似入瑶台境，处处飞仙着彩衣！

伊拉克战争感赋

踏云阿母自西来，猿鹤虫沙④事可哀。一顶蓝天谁共戴？穆王移籍去蓬莱⑤！

---

① 红玉兰花蕾状如蘸彩画笔。

② 百里奚早年家境贫困，在妻子杜氏支持下出游列国求仕，历经宋国、齐国等诸侯国。后在其好友蹇叔的举荐下，做了虞国的大夫。公元前655年，晋国(献公)灭掉虞国。百里奚拒绝在晋国做官，被充作媵人(奴隶)，后逃回楚国牧牛。秦穆公闻奚贤，后派人以五张黑公羊皮将其换回，拜为上大夫，故世人称之为“五(公羊)大夫”。在主持秦国国政期间，百里奚“谋无不当，举必有功”，辅佐秦穆公倡导文明教化，实行“重施于民”的政策，让人民得到更多的好处，并内修国政，外图霸业，开地千里，称霸西戎，统一了今甘肃、宁夏等地区，开始了秦国的崛起。这一时期，秦孝公称之为“甚光美”的时代。史载百里奚“三置晋国之君”，“救荆州之祸”，“发教封内，而巴人致贡；施德诸侯，而八戎来服”，使秦国成为春秋五霸之一，为秦国最终统一中国奠定了牢固基础。此处羊皮借指笔者自己，杨(谐音羊)氏反喻百里奚。

③ 此乃三种花名，含笑亦用作动词。

④ 《太平御览》卷九一六引《抱朴子》：周穆王南征，一军尽化，君子为猿为鹤，小人为虫为沙。此处穆王借指萨达姆。

⑤ 萨达姆及其伊拉克部队没有反抗，人间蒸发了。

赋安徽大学 1983 届英语专业同学聚会[①]

相逢旧雨识风华，廿载云烟烂漫花。笑语樽前[②]添智哲，杯盘醉后任横斜[③]。因缘已结三生里[④]，聚散为齐四海家[⑤]。意气而今勤共勉[⑥]，扬鞭又指向天涯。

浙江道中

拔地群山千里翠，通天众水万荷风。风光挣脱放翁笔[⑦]，一路陪余到浙东。

神舟五号载人飞船上天感赋[⑧]

俏嫦娥太幻[⑨]，猛万户太憨[⑩]。我们凭着科技，把中国送入星间。

加加林[⑪]老大，杨利伟[⑫]老三。新秀后来居上，天帝也为之动颜。

---

① 时在 2003 年 8 月。

② 王安石《示长安君》："草草杯盘共笑语，昏昏灯火话平生。"

③ 苏轼《前赤壁赋》："肴核既尽，杯盘狼藉。相与枕藉乎舟中，不知东方之既白。"

④ 纳兰性德《金缕曲 · 赠梁汾》："后身缘、恐结他生里。然诺重，君须记。"

⑤ 司马迁《史记 · 高帝本纪》："且夫天子以四海为家，非壮丽无以重威，且无令后世有以加也。"齐家为儒家修齐治平之一，为我等奋斗之目标。

⑥ 秋瑾《对酒》："不惜千金买宝刀，貂裘换酒也堪豪。一腔热血勤珍重，洒去犹能化碧涛。"

⑦ 陆游《过灵石三峰》："奇峰迎马骇衰翁，蜀岭吴山一洗空。拔地青苍五千仞，劳渠蟠屈小诗中。"

⑧ 自度曲，2003 年 10 月 15 日作于赴津途中。

⑨ 嫦娥乃神话传说中登月人物。

⑩ 明代万户思乘烟花爆竹直接上天。

⑪ 苏联宇航员，实现了人类第一次太空飞行。美国宇航员继后完成了人类第一次登月。

⑫ 宇航员杨利伟实现了中华民族第一次太空飞行。

屈大夫善问①,淮南王说难②。癸未真到天上,不劳七仙女下凡③。

姜子牙斩将④,孙大圣腾翻⑤。中华往返星汉,浮槎⑥已换成飞船。

拜谒张苍水故居

一椽古屋访英雄,羽檄当年义帜⑦红。院里修篁犹劲节,门前古木尚高风。功勋彪炳留青史⑧,著述流传振浙东⑨。近圣人居出贤圣⑩,明州日月丽长空。

访张苍水故居,感赋

少读南明史,心慕张苍水⑪。今日访故居,来居其故里⑫。青瓦与白墙,明窗共净几。数竹西院中,龙吟犹英气。国难难顾家⑬,挥帜匡正义。纵横二十年,抗战多伏起。悬岙⑭入武林⑮,未能移其

---

① 屈原有《天问》,开端即为宇宙问题。

② 汉淮南王刘安一人得道,鸡犬升天。吴伟业《过淮阴有感》:"我本淮王旧鸡犬,不随仙去落人间。"

③ 湖北孝感一带流传有董永与七仙女的神话故事。

④ 吕尚斩将封神。

⑤ 事见吴承恩小说《西游记》。

⑥ 王实甫《西厢记 》第一本第一折:"滋洛阳千种花,润梁园万顷田,也曾泛浮槎到日月边。"孔尚任《桃花扇 ·选优》:"阻隔着黄河雪浪,哪怕他天汉浮槎。"

⑦ 张煌言《甲辰八月赐故里》:"义帜纵横二十年,岂知闰位在于阗。"

⑧ 张煌言《甲辰八月赐故里》:"忠贞自是孤臣事,敢望千秋春史传。"

⑨ 张煌言为浙东学派代表人物之一,著有《张苍水集》《奇零草》《北征录》《探微吟》等。

⑩ 近圣人居,乃张煌言故居外墙上所书四字。

⑪ 张煌言(1620—1664),汉族,字玄著,号苍水,浙江鄞县人,南明将领、诗人,民族英雄。崇祯举人,曾官至南明兵部尚书。

⑫ 余于2002年8月至甬。

⑬ 张煌言1646年毁家纾难,与张名振等扈从鲁王入海至舟山,被称为"怒海雄师"、"海上苏武",曾统兵四入长江,三下闽海,两遇海难,一生可圈可点、可歌可泣。

⑭ 根据最新考证,悬岙在舟山,而非象山。

⑮ 张煌言《入武林》:"国破家亡欲何之？西子湖头有我师。日月双悬于氏墓,乾坤半壁岳家祠。"

志。西湖席分三，慷慨一赴死[①]。文武欣全才，惜哉生末世。精神在人间，后昆应为继。著述振浙东，心碑谁能易。男儿丁壮时，言行当仿此。回首望故居，再拜奇男子。

周流溪先生58岁生日，赠以五律[②]

长年未列门[③]，聊作一知音。岁月经风雨，文章证古今。投师欣识广[④]，问学结缘深。北望遥相祝，寄诗表寸心[⑤]。

游金华双龙洞

我今来游双龙洞，欲赋新诗难在先。李词[⑥]铭心浮脑海，叶文刻石立山前[⑦]。更有帝王足迹到[⑧]，古今骚客妙言传[⑨]。此洞奇异有实感，归来摹写忘夜眠[⑩]。才到山前惊古木，十围挺直欲撑天[⑪]。双溪流水淙淙下，易安芳踪得追攀。烂漫梅花临水发[⑫]，石径幽深共流连。我非高人刘子骥，因何到达武陵源[⑬]？双龙洞前无道路[⑭]，一水相通才两船。游人卧船入内洞，几丈石壁擦头颠。岂是

① 张煌言《入武林》："惭将赤手分三席，拟为丹心借一枝。他日素车东浙路，怒涛岂必属鸱夷。"

② 作于2004年1月5日。

③ 五年前余欲投先生门下，惜未遂愿。

④ 先生于文学、历史、天文、地理、语言、文字等兼治，非一般学者之可比也。

⑤ 先生亦旧体诗词卓有成就之诗人。

⑥ 李清照晚年流寓金华，有《武陵春》："风住尘香花已尽，日晚倦梳头。物是人非事事休，欲语泪先流。　闻说双溪春尚好，也拟泛轻舟。只恐双溪舴艋舟，载不动、许多愁。"

⑦ 叶圣陶有《记金华的双龙洞》一文，刻石立于双龙洞公园前。

⑧ 朱元璋曾到此。

⑨ 双龙洞前现立有石碑若干块，记载与双龙洞有关的史实与文人辞章。

⑩ 李商隐《韩碑》："公之斯文不示后，曷与三五相攀追。愿书万本诵万遍，口角流沫右手胝。"

⑪ 韩愈《山石》："山红涧碧纷烂漫，时见松枥皆十围。"

⑫ 张谓《早梅》："不知近水花先发，疑是经冬雪未消。"

⑬ 陶渊明《桃花源记》："南阳刘子骥，高尚士也，闻之，欣然规往。未果，寻病终。后遂无问津者。"

⑭ 韩愈《山石》："天明独去无道路，出入高下穷烟霏。"

通人初极狭[1]，分明一梦化神仙。顿觉身轻虚里步，仿佛五云瑶池边[2]。青龙黄龙随意舞，龟蛇大战战犹酣。南极老人仙桃落，罗汉今古入禅眠。冰壶洞里天桥上，又闻水落河汉喧[3]。须臾更踏天桥去，忽从天上到人间。四围山色添幽静，草木土石皆常然。纷纷洞里玄妙界，山外不知作笑谈[4]。我今传写仙游事，谁能得意忘言筌[5]？

访金华观[6]

幽林石径曲能通[7]，鸿爪东阳访赤松[8]。石瘦堂前留道骨，梅香院里起仙风[9]。化羊绝艺因天巧[10]，养素真人受宋封[11]。古观千年回望处，白云缭绕几多重。

春赋

春到江南无赖花，香风阵阵共朝霞。东君一变天为地，处处飞仙着绛纱。

绿荫红影望中赊，难辨芳名只叫花。唱出春光谁最胜？枝头众鸟水中蛙。

---

① 陶渊明《桃花源记》："山有小口，仿佛若有光。便舍船，从口入。初极狭，才通人。"

② 洞内饰有各色灯光，照彻洞里碧水。

③ 以上皆洞内景色。

④ 王维《桃源行》："峡里谁知有人事？世中遥望空云山。"

⑤ 庄子《外物》："荃者所以在鱼，得鱼而忘荃；蹄者所以在兔，得兔而忘蹄；言者所以在意，得意而忘言。吾安得夫忘言之人而与之言哉。"

⑥ 观在双龙洞南侧。

⑦ 常建《题破山寺后禅院》："曲径通幽处，禅房花木深。"

⑧ 赤松子又名赤诵子，号左圣南极南岳真人左仙太虚真人，秦汉传说中的上古仙人。《太平寰宇记》说赤松子是在金华山以火自烧而化，其升天处为赤松涧，故山上有赤松祠、赤松涧。

⑨ 观内庭院有蜡梅，余探访时盛开。

⑩ 清道光十四年(1834)再建时，发掘了"叱石成羊"等奇景，应验了当年黄大仙牧羊在此"叱石成羊"的传说。

⑪ 宋孝宗颁诰书封大仙黄初平为"养素真人"，宋理宗又加封他为"养素净正真人"。

鹧鸪天

甲申年三月十二日与诗人李亮伟于宁波范宅茶馆雅聚，时钱志富博士、郭勇副教授和彭一勃老师同座。

春雨楼头①细品茗，谈维②说轼③几书生。清闲且向忙中取，淡雅偏从俗里④呈。　同感慨⑤，共心情。范家小聚似兰亭。无分彼此无今古，但觉诗怀兴味萦。

行香子·谢李亮伟先生赠《冰壶集》

一卷清芬⑥，几许纯真。集珠玑，雅意纷纷。裁山剪水⑦，笔底氤氲，尽临江仙，西江月，渡江云⑧。　学多识广⑨，气韵雄浑。溯游踪，鸿爪留痕⑩。清词惠我，三浴三熏⑪。见寻时心，思时意，写时神。

浣溪沙

甲申年三月十六日（公历 2004 年 5 月 4 日）同妻女游日湖公园。

景色今春已尽收，新园⑫却又豁吟眸。此身仿佛幻中游。
碧水添来新翠镜，飞虹引下众仙俦。日光偏爱是明州。

---

① 范宅茶馆。
② 王维，字摩诘。
③ 苏轼，字子瞻。
④ 窗外即为中山路大街。
⑤ 王羲之《兰亭集序》："及其所之既倦，情随事迁，感慨系之矣。"
⑥ 李白《赠孟浩然》："高山安可仰，徒此揖清芬。"
⑦ 杜甫《戏题王宰画水山图歌》："焉得并州快剪刀，剪取吴松半江水。"
⑧ 《冰壶集》名盖取自王昌龄《芙蓉楼送辛渐》："洛阳亲友如相问，一片冰心在玉壶。"集中全是词作。
⑨ 此集用典丰富，表意深刻，由宁波大学文学院谭朝炎先生作注。
⑩ 苏轼《和子由渑池怀旧》："人生到处知何似，应似飞鸿踏雪泥。泥上偶然留指爪，鸿飞那复计东西。"
⑪ 韩愈《答吕毉山人书》："方将坐足下，三浴而三薰之，听仆之所为，少安无躁。"
⑫ 新日湖公园已非昔日日湖所在之地。

赋自家兄弟宁波一聚

公历2004年5月1日，吾兄弟四人，侄一人，亲属二人在宁波福明乡一小饭店相聚，他们都自家乡晓天来甬打工。

兄弟生中土[1]，天南来一聚。不是为探亲，各自为生计。乡音感亲切，往事喜相忆。酒深话自多，感慨非一事。社会大变革，吾人驱如蚁[2]。能殊望亦殊，兄弟分地位。往来劝杯酒，态度各相异。我为释观念，酒饮多几倍。醉中见真情，兄弟即兄弟。

游小普陀[3]

观音[4]如有意，约我到普陀[5]。湖光映山色，佛国净土多。显身作巨像，慈航觉海波。禅堂共尼语[6]，拜佛意不讹。四望皆山水，灯火共星河[7]。黄昏游世外，清净我欲歌。

鹧鸪天·栀子

五月游仙何处临？相思又是一年侵。潇潇雨里闻环珮[8]，淡淡风前觅玉簪[9]。　　怀好梦，结同心。平生所愿是知音。云阶月地[10]幽期在，馥郁为言意自深。

---

① 安徽在全国介于南北之地。

② 杜甫《兵车行》："况复秦兵耐苦战，被驱不异犬与鸡。"

③ 霞屿禅寺为南宋大学士史岩所建，人称小普陀，在东钱湖，时在2004年5月6日。

④ 观世音自在菩萨之简称，梵文 Avalokitesvara Bodhisattva。

⑤ 普陀山在浙江舟山，为中国佛教四大道场之一。此指小普陀，有霞屿禅寺，乃史岩为其母进香所建。《延佑四明志》卷十七："霞屿寺，在县东南六十里，东钱湖之心，小屿兀然于其中。"

⑥ 此寺观音为僧尼所供奉。

⑦ 湖光如镜，天地浑然一体，如佛法之不二，身临其境，仿佛觉悟。

⑧ 杜甫《咏怀古迹》："画图省识春风面，环佩空归月夜魂。"姜夔《疏影》："想环佩，月夜归来，化作此花幽独。"

⑨ 晏殊《寓意》："梨花院落溶溶月，柳絮池塘淡淡风。"

⑩ 李清照《行香子》："草际鸣蛩，惊落梧桐，正人间、天上愁浓。云阶月地，关锁千重。纵浮槎来，浮槎去，不相逢。"

读周老师《流溪诗外编》

捧读吾师诗外编①，眼前浮现济慈篇②。南踪北迹深探境，东土西洋广种莲③。细品玄胶知几味？仰观花雨洒诸天④。从今预备清宵夜，长逐芬芳梦笔缘。

陪周流溪先生游溪口

2004年10月13日，趁周流溪先生来宁波参加王鲁彦作品研讨会之机，余及夫人周洁陪同游览溪口，一天之中，参观了溪口民俗博物馆、文昌阁、蒋氏故居、武岭蒋氏宗祠、徐凫瀑布、三隐潭、雪窦寺、妙高台、蒋母墓道等景点，一路之上，周先生谈资甚多，余深得教益。归来得记游诗一首。

东南作地主，古越陪吾师。来看山水秀，天高气爽时。遥踪步李白，豪兴到剡溪。谢公屐何在，来上青云梯。眼中如镜里⑤，人高山自低。谷中穷幽讨⑥，仿佛闻天鸡⑦。碧潭照三隐⑧，应与素心期⑨。妙高台上望，四围山色奇。佛法能驯虎⑩，屠夫事亦稀⑪。雪窦访古寺，听经语依依⑫。苍茫暮色里，山月送人归⑬。

---

① 今年10月，得吾师所赠《流溪诗外编》。

② 济慈有 On First Looking into Chapman's Homer。

③ 吾师诗作和译作广及汉语、英语、法语和世界语，当今中国诗坛尚无人能与之同日而语。

④ 余不懂 Esperanto 和 Français；吾师作品之妙，境界之高，余深愧难得确解。

⑤ 李白有"湖月照我影，送我至剡溪"之句，又有"两水夹明镜"之句；韦庄有"越中山水镜中看"之句。从徐凫瀑布处下看，慈溪水库尽收眼底。

⑥ 徐凫瀑布飞流直下，丛林深幽，山势奇险，远处无路。

⑦ 李白有"半壁见海日，空中闻天鸡"之句。

⑧ 三隐潭在徐凫瀑布与妙高台之间，入口处极隐，常人不觉，风光幽静。周先生及余夫妇三人来游，时已黄昏，仿佛我等乃三隐之士。

⑨ 周先生叹曰："难得来游三隐潭，只是吾等未能免俗，犹有名心。"韩愈有"嗟哉吾党二三子，安得至老不更归"之句。

⑩ 妙高台边有二虎听经之塑像。

⑪ 千丈岩上有"放下屠刀，立地成佛"故事之塑像，可惜天晚，未能往观。

⑫ 余师生三人自后门至古寺，正逢寺内僧人及居士做功课，念大悲咒。

⑬ 溪口一游，来去匆匆，蒋母墓道只是象征一游。

四川之行组诗

2004年10月15日，与楚辞学专家宁波大学人事处处长张宏洪一起去成都参加楚辞学国际学术研讨会暨中国屈原学会第十届年会，得诗一组。

2004年10月15日在上海—成都飞机上，仿游仙诗作七绝五首

舷窗内外费惊猜，万里风云逐九垓。空姐可人如月姊①，飘然疑自广寒来。

游踪大圣②杳难寻，玉宇空闲待我临。众女瑶池应尽悦，千年始达一知音③。

万里云乡无一人，眼前仙壤倩谁耘④？我来不见淮王迹⑤，作息犹凭日月轮。

大好河山过眼前，此身如鹤入云烟⑥。悠悠已是三千里，胜泛浮槎到日边。

艰难蜀道⑦世间无，细雨骑驴意亦孤⑧。破雾穿云仙鹤下，我从天上到成都。

---

① 月姊，嫦娥别称。
② 齐天大圣，吴承恩《西游记》中孙行者大闹天宫时之称。
③ 知音，作者自况也。
④ 李贺《天上谣》："王子吹笙鹅管长，呼龙耕烟种瑶草。"
⑤ 指淮南王刘安升仙之踪迹。
⑥ 刘禹锡《秋词》："晴空一鹤排云上，便引诗情到碧霄。"
⑦ 李白《蜀道难》："蜀道之难，难于上青天。"
⑧ 陆游《剑门道中遇微雨》："此身合是诗人未？细雨骑驴入剑门。"

楚辞学国际学术研讨会暨中国屈原学会第十届年会圆满闭幕，余首次躬逢盛会，与名家耆宿结识，问学颇多，受益匪浅，喜赋七律一首以贺

金秋古蜀集群贤，奥义深窥屈子篇。砥砺文章三昧①后，商量学术大家前。论题互异无非识②，萍水相逢都是缘③。绿岛林高多硕果④，不知今夕是何年⑤？

参观三星堆博物馆

三星堆上祭何星⑥？面饰青铜未有声。蜀地先民青史外⑦，震惊世界古文明⑧。

通天神树九阳离，神话悠悠实物奇⑨。一自人天分别后，衍生学说尽堪疑⑩。

蜀文淹没久无闻，学者猜疑太费神。图语象形音节字⑪，孰为虚假孰为真？

蚕丛纵目古图腾，后世无传说不清。今日一观真实物，得知虾蟹伴民生⑫。

---

① 三昧，梵文 samadhi，意为止息杂念，使心神平静，是佛教修行方法，此借指事物要领、真谛。

② 余在会上交流的文章是《〈天问〉的研究与英译》，颇得反响。

③ 会议期间，在张处长积极引荐下，结识楚辞专家不少，乃平生之幸。

④ 会议在四川金堂县绿岛会议休闲中心举行，岛上广种橘树，秋深硕果累累，令人想起屈原《橘颂》。

⑤ 会议于10月16日召开，17日晚结束。《越人歌》有“今夕何夕兮，搴舟中流；今日何日兮，得与王子同舟”。

⑥ 三星堆祭祀坑乃纪念天上三星，然竟为何星，不得而知。

⑦ 常璩《华阳国志》没有三星堆文化记载。

⑧ 三星堆文明，至今仍是谜团。

⑨ 馆中陈列出土的一巨型通天神树，说明古代之树崇拜及十天干，此通天神树为镇馆之宝。

⑩ 后世学说，因去古已远，对许多起源问题的研究颇多谬说，甚至对古书横生别解。

⑪ 关于蜀文字目前有两种观点，一为图语，一为音节文字，但无人认为它是象形文字。

⑫ 古代图腾多与人民生活密切相关。虾蟹之目纵向，古蜀民以为图腾。

参观杜甫草堂

杜甫草堂何处寻[①]？锦官城外入溪深[②]。窗前雪岭看新色[③]，树上黄鹂听旧音[④]。樽酒家贫[⑤]知好客，秋风屋漏[⑥]识忧心。未归故里身先死[⑦]，几度游人泪满襟[⑧]。

水富县温泉[⑨]

千里驱车为会仙[⑩]，金沙江畔享温泉。美人同浴平生事[⑪]，水富西南自在天。

翡翠长廊[⑫]

翡翠长廊碧映身，万山深处会湘君[⑬]。美人都是高高节[⑭]，玉影凌霄共白云。

---

① 杜甫《蜀相》："丞相祠堂何处寻，锦官城外柏森森。"

② 草堂在成都城外浣花溪畔。

③ 杜甫《绝句》："窗含西岭千秋雪，门泊东吴万里船。"

④ 杜甫《蜀相》："映阶碧草自春色，隔叶黄鹂空好音。"

⑤ 杜甫《客至》："盘飧市远无兼味，樽酒家贫只旧醅。"

⑥ 杜甫《茅屋为秋风所破歌》："床头屋漏无干处，雨脚如麻未断绝。"

⑦ 杜甫卒于湖南洞庭湖。

⑧ 杜甫《蜀相》："出师未捷身先死，长使英雄泪满襟。"

⑨ 水富县今在云南省境内。

⑩ 与会代表受会议安排，于 18 日晨驱车从金堂县出发，路过成都、内江、宜宾，于当日下午 1 时许到达水富县温泉。

⑪ 温泉建设等级颇高，是高级休闲场所，池中浴客较多，男女相杂，不乏美人，令余想起华清池温泉贵妃出浴事。

⑫ 在蜀南竹海。

⑬ 李贺《琴曲歌辞 · 湘妃》："筠竹千年老不死，长伴秦娥盖湘水。"

⑭ 杜甫《佳人》："天寒翠袖薄，日暮倚修竹。"

游蜀南竹海海中海

已得湘君意，复逐湘君路。群贤踵旧踪，疑到潇湘浦①。万竹映清波，一棹悠然渡。随山将数转②，新景几延伫。临水立佳人，幽居隐烟雾③。清流和欸乃④，空山闻鸟语。此地留诗心，人归更何处？

2004年岁暮感赋

笑语⑤东南数岁华，一年容易送生涯。阴晴变幻寻常事，得失权衡智慧花。暂赚悠闲堪醉饮⑥，偶添烦恼莫深嗟⑦。阳回律转春光又，海日江风暖万家。

2005年元旦试笔

一年容易又蹉跎，肯放匆匆日月过？从此深宵开眼坐⑧，窗前不独赏姮娥⑨。

---

① 海中海在翡翠长廊上一华里左右，乃竹海中一奇观。苏曼殊《为玉鸾女弟绘扇》："日暮有佳人，独立潇湘浦。"

② 王维《青溪》："随山将万转，趣途无百里。"

③ 余等系筏上岸，见一佳人，其所居门楣上有乾隆书匾"齿隆官政"。同行毛庆先生叹曰："人生安得长居于此，享此清幽。"

④ 柳宗元《渔翁》："渔翁夜傍西岩宿，晓汲清湘燃楚竹。烟销日出不见人，欸乃一声山水绿。"

⑤ 李清照《永遇乐》："不如向，帘儿底下，听人笑语。"

⑥ 柳永《雨霖铃》："今宵酒醒何处，杨柳岸、晓风残月。"

⑦ 杜甫《古柏行》："志士仁人莫怨嗟，古来材大难为用。"

⑧ 元稹《遣悲怀》："唯将终夜长开眼，报答平生未展眉。"

⑨ 杜舜《寒夜》："寻常一样窗前月，才有梅花便不同。"古人寒窗苦读，高明《琵琶记》："十年寒窗无人问，一举成名天下知"；颜真卿《劝学》："三更灯火五更鸡，正是男儿读书时。黑发不知勤学早，白首方悔读书迟"。

俄语学习感赋

廿载俄文叹曝寒[①]，蜻蜓见水[②]觉深难。从今面壁清宵夜，细点龙睛破壁看[③]。

2005年新年有感

意气偏高不惑龄，风花雪月自多情。每思诗酒消时日，又恐平凡负此生。夜雨江湖灯影瘦[④]，春光到处梦魂惊[⑤]。何方可化身千亿[⑥]，赚得风流才子名[⑦]？

甲申岁暮于宁大文萃新村看竹偶赋，时在腊月廿六立春日

岁暮荒村外，偷闲看竹来[⑧]。寒风偶经过，清韵一时开。泽国临江渡，人家伴碧苔。定盦开妙境[⑨]，旷野剩微才。多谢君相警[⑩]，此生修到梅[⑪]。

---

① 余自1982年始学俄语，时断时续，一曝十寒，苦于水平提高之难。

② 杜甫《曲江》："穿花蛱蝶深深见，点水蜻蜓款款飞。"

③ 周恩来《大江歌罢掉头东》："面壁十年图破壁，难酬蹈海亦英雄。"

④ 黄庭坚诗《寄黄几复》："桃李春风一杯酒，江湖夜雨十年灯。"

⑤ 白居易《长恨歌》："闻到汉家天子使，九华帐里梦魂惊。"

⑥ 陆游《梅花绝句》："何方可化身千亿，一树梅前一放翁。"

⑦ 辛弃疾《破阵子》："了却君王天下事，赢得生前身后名。"

⑧ 王维《春日与裴迪过新昌里访吕逸人不遇》："到门不敢题凡鸟，看竹何须问主人。"

⑨ 龚自珍《鹊桥仙·种红梅一株于竹下，赋此》："文窗一碧，萧萧相倚，静袅茶烟一炷。箨龙昨夜叫秋空，似怨道天寒如许。　安排疏密，商量肥瘦，自剩苔痕辛苦。从今翠袖不孤清，特著个红妆伴汝。"

⑩ 李义山《咏蝉》："烦君最相警，我亦举家清。"

⑪ 谢枋得《武夷山中》："十年无梦得还家，独立清峰野水涯。天地寂寥山雨歇，几生修得到梅花。"张船山妻有诗云："修到人间才子妇，不辞清瘦似梅花。"

梦 回

物外①相逢一美人，我心从此四时春。文章格调②知多少③，不竭源头笔有神④。

人日书，效薛道衡体

立春十一日⑤，离家二十年。清心甘众后，梦笔在花前⑥。

乙酉年正月初二，冒雪看梅

并世两美人，修竹与梅花。红妆依翠袖⑦，日暮自横斜⑧。风雪迷漫处，探访在水涯⑨。相看寄深意，清韵自一家。叹余立天地⑩，君亦格调奢。

无 题

桃花如梦记前尘，二十余年旧景真。永忆门前同笑语，东风⑪

---

① 叶梦得《石林诗话》："渊明正以脱略世故、超然物外为适，顾区区在位者，何足概其心哉。"

② 秦韬玉《贫女》："谁爱风流高格调，共怜时事简梳妆。"

③ 王建《寄蜀中薛涛校书》："万里桥边女校书，枇杷花里闭门居。扫眉才子知多少，管领春风总不如。"

④ 朱熹《观书有感》："问渠那得清如许，为有源头活水来。"杜甫《奉赠韦左丞丈二十二韵》："读书破万卷，下笔如有神。"

⑤ 乙酉正月初七离立春日已十一天矣。

⑥ 《晋书·王珣传》："珣梦人以大笔如椽与之，既觉，语人曰：'此当有大手笔事。'俄而帝（晋孝武帝司马曜）崩，哀册谥议皆珣所草。"

⑦ 龚自珍《鹊桥仙·种红梅一株于竹下，赋此》："从今翠袖不孤清，特著个红妆伴汝。"

⑧ 林逋《山园小梅》："疏影横斜水清浅，暗香浮动月黄昏。"

⑨ 谢枋得《武夷山中》："十年无梦得还家，独立清峰野水涯。天地寂寥山雨歇，几生修得到梅花。"

⑩ 余号竹云轩主人。

⑪ 崔护《题城南庄》："人面不知何处去，桃花依旧笑春风。"

起处识香魂①。

2005年3月12日春雪赋

一夜东风乱，梨花万树开②。山河惊净洁，世界巧安排。黼黻文章集，琼瑶意蕴来③。天公重抖擞，绚烂降人才④。

博士试后游元土城遗址公园，见桃花盛开，喜赋

独步林冈⑤月上时，时桃绚烂赋新诗。诗家早有探花意，意在东风第一枝⑥。

博士试罢，返甬途中在杭游吴山

土城⑦赏罢万花稠，又上吴山第一楼。大好春光天赐我，闲身试罢北南游⑧。

指顾风华眼底空⑨，盛年意气克群雄。文场战罢归来后，立马吴山第一峰⑩。

---

① 龚自珍《减兰》："人天无据，被侬留得香魂住。"

② 岑参《白雪歌送武判官归京》："忽如一夜春风来，千树万树梨花开。"

③ 辛弃疾《鹧鸪天·黄沙道中》："乱鸦毕竟无才思，时把琼瑶蹴下来。"

④ 龚自珍《己亥杂诗》："我劝天公重抖擞，不拘一格降人才。"

⑤ 林冈为土城遗址绵亘之高坡，乃元大都土城墙之一段，现林木茂盛，间有桃树，繁花盛开，明艳喜人。余游此，时在2005年3月27日黄昏，公园在北师大不远处。

⑥ 东风第一枝，原为词牌名，也作曲牌名。据传为唐人吕谓老首创，原为咏梅而作。

⑦ 元大都土城墙之一段。

⑧ 余2005年3月29日结束博士考试自京归甬，途径杭州，得闲游之。

⑨ 丁芒《随感》："胸罗四海气如山，壮岁风华指顾间。"

⑩ 完颜亮："提兵百万西湖上，立马吴山第一峰。"

西湖十六韵

偷闲访文述[1],湖山游一巡[2]。群芳竞悦目[3],不觉近黄昏[4]。别罢苏小小[5],又过香花墩[6]。游人多如织,一女忽出群。音容皆尔雅,举止尽温文。约余留玉照,意态动心魂。花前增解语[7],柳下更添春。嫦娥输脸秀,道子叹身匀[8]。话语声柔细,心仪正此人。挣破我夙梦,向我眼前陈。片刻成终古,雪鸿记一痕。回首留余笑,飘然远去身。斜阳生怅惘,崔护认谁门[9]?我心珍伊影,相慰在红尘。再续琴心曲,奇遇忆湖湄。断桥残雪处[10],情事已翻新。

送徐睿毕业归江西[11]

笑语樽前感慨生[12],三年风雨几多情。而今学子扬帆去,丽日江头送远征。

赋初夏杜鹃

美人明艳照红尘,竞显风姿景一新。自信才华优造化[13],已将初夏续芳春。

---

① 陈文述,清诗人,有《琴心曲》一诗,记西湖情事。

② 西湖四围有吴山、孤山、雷峰夕照山与葛岭。

③ 余游此湖山,在3月31日于京博士试毕南归时,西湖旁玉兰花、桃花盛开,春柳吐芽,芳草萋萋。

④ 李商隐《乐游原》:"夕阳无限好,只是近黄昏。"

⑤ 苏小小墓在西泠,此番游西湖,首见其墓。

⑥ 香花墩在内湖中,尝谓才女抛绣球处。

⑦ 王仁裕《开元天宝遗事》(卷下):"明皇秋八月,太液池有千叶白莲,数枝盛开,帝与贵戚宴赏焉。左右皆叹羡久之,帝指贵妃,示于左右曰:'争如我解语花。'"

⑧ 吴道子乃唐时画家,其人物画有"吴带当风"之誉。又,杜甫《丽人行》:"态浓意远淑且真,肌理细腻骨肉匀。"

⑨ 崔护《题都城南庄》:"去年今日此门中,人面桃花相映红。"

⑩ 西湖十景之一,传许仙白娘子故事即发生于此;陈文述《琴心曲》所叙之情事亦离此不远,陈有"二美双双堤上立"之句。

⑪ 徐睿,宁波大学外语学院首届硕士。

⑫ 杜牧《赠别》:"多情却似总无情,唯觉樽前笑不成。"

⑬ 李贺《高轩过》:"殿前作赋声摩空,笔补造化天无功。"

鹧鸪天·2005年夏日于桃花岛上初见野栀子花

远赴幽期到海东，桃花岛上境空蒙。怀她雅意同心结，惠我清香满面风。　云水地①，蕊珠宫。不须青鸟探仙踪②。人天携手③原非梦，缥缈身姿显一丛④。

初秋赴瑞典讲学诗丛

2005年8月15日至9月5日，余赴瑞典讲学20余天，有史学的秦汉史、译学的诗歌翻译、佛学的禅宗史及中国教育等。讲学之余，游历瑞典及丹麦诸城，得诗数首，兹录于下。

2005年8月14日至上海，天津工大往日同事钟宏杰教授尽地主之谊，驱车陪游浦东

津门老同事⑤，上海一相逢⑥。聚散凭天择，因缘到底通。沧桑新境地，谈笑旧音容。酩酊难辞醉⑦，感君情意浓。

飞往哥本哈根，途中书所见

高空何所见，万里白云流。我岂庄生者，亦作逍遥游。飘然能羽化⑧，来看北溟秋。仰首天如盖⑨，回眸隔几洲。过罢蒙俄国，异域一望收。前贤驰想象，未与赛生⑩谋。泛槎原非梦，揽月岂妄求。

---

① 李商隐《滞雨》："故乡云水地，归梦不宜秋。"
② 李商隐《无题》："蓬山此去无多路，青鸟殷勤为探看。"
③ 苏曼殊《绝句》："珍重嫦娥白玉姿，人天携手两无期。"
④ 姜夔《鹧鸪天·己酉之秋，苕溪记所见》："笼鞋浅出鸦头袜，知是凌波缥缈身。"
⑤ 余与钟教授同事15年。
⑥ 钟教授现于东华大学工作。李益《喜见外弟又言别》："十年离乱后，长大一相逢。"
⑦ 杜牧《九日齐山登高》："但将酩酊酬佳节，不用登临恨落晖。"
⑧ 苏轼《前赤壁赋》："飘飘乎遗世独立，羽化而登仙。"
⑨ 《敕勒歌》："天似穹庐，笼盖四野。"
⑩ 即science。

邓林何处是，夸父足应瘘。我辈追西日，已将时刻留①。人文倡中国，格致学西欧。丘云天下小②，我觉地如球③。折桂称高手，登仙展远猷④。北飞来瑞典，讲学显神州⑤。更期结文理，灵学⑥振寰沤。

初至瑞典 Kristianstad

我恐前身是庄周，逐鲲远作逍遥游⑦。遥踪已落圣城⑧里，要赋宏文把事留。此城原为兵家塞⑨，四围环水凿深沟。三一教堂传风貌，市政广场见古楼。道路纵横车来往，房屋都是旧时修⑩。闲步街头车让客，八月天气似凉秋⑪。景物新奇多首见，夜至九点落日头⑫。民风淳朴此地现，王国文明第一流。

2005 年 8 月 22 日晨起忽思当年同学今遍布全球，然多入俗，由追逐潮流而转入寻常，或因一叶障目，或因生活所困，难以实现人生更大价值，感慨之余，诗以记之

浮生忽忽⑬惜芳时，二十余年鬓已丝。着迹全球追梦影，羁身生计欲何之⑭？微才每有平凡惧，北国灯明夜读时⑮。同学当年多入俗⑯，几人修道作宗师？

---

① 今记之时差，北京时间夜里 12:30，哥本哈根乃下午 6:30。
② 孔子登泰山而小天下。
③ 身在高空，俯视大地，能脱身遥观地球，不亦乐乎。
④ 时余已考取北京师范大学博士。
⑤ 此行受瑞典克里斯蒂安斯泰德大学之邀，讲授诗歌翻译、禅宗和秦汉史。
⑥ 即 linguistics 之学。
⑦ 庄子《逍遥游》："北冥有鱼，其名为鲲。鲲之大，不知其几千里也。"
⑧ Kristianstad 之城乃丹麦国王 Kristian 四世所建，王名基督，又有战功，盖圣人也。stad 义为城。
⑨ 此城建于 13 世纪，相当于中国宋末。
⑩ 此城几乎没有现代化高楼。
⑪ 瑞典地处寒带，公历八月已似凉秋。
⑫ 瑞典所在维度，至夜九点，太阳方落。
⑬ 李群玉《自遣》："浮生暂寄梦中梦，世事如闻风里风。"
⑭ 王中《干戈》："干戈未定欲何之，一事无成两鬓丝。"
⑮ 时余在瑞典 Kristianstad 大学讲学夜读。
⑯ 杜甫《秋兴八首》："同学少年多不贱，五陵裘马自轻肥。"

圣城郊外闲步书所见

圣城闲步入途遥，碧草萋萋古树高。别业纵横忘远近①，幽村掩映识华豪。相逢主客依依语②，路转风光处处娇③。不是桃花源里事，打头苹果满枝摇④。

黄昏散步⑤

秋声动远客，散步咏凉天⑥。圣城东向去，却从北向还。暮风徐徐至，归鸟鸣嗛嗛⑦。道静行人少，村村灯火连。屡闯新境地，奇处得窥全。适身兼适意，已是趣无边。闲云浮四野，我意更超前。人生非逆旅⑧，往来任自然。

瑞典讲学归国，留别 Ottosson 博士及 Kristianstad 大学

休言聚散太匆匆，万里文缘一线通。独向西人传汉史⑨，兼谈译学显宗风⑩。兵营已换诗书府⑪，圣世犹宣教化功。二十秋晨晴日丽⑫，映天芳草碧无穷⑬。

---

① 陶渊明《桃花源记》："晋太元中，武陵人捕鱼为业。缘溪行，忘路之远近。"
② 王维《渭川田家》："田夫荷锄至，相见语依依。"
③ 辛弃疾《西江月·夜行黄沙道中》："旧时茅店社林边，路转溪桥忽见。"
④ 圣城遍种苹果，此时成熟，路边篱上，无处不有，堪称殊景。
⑤ 时在 2005 年 8 月 29 日。
⑥ 韦应物《秋夜寄丘员外》："怀君属秋夜，散步咏凉天。"
⑦ 陶渊明《饮酒》："山气日夕佳，飞鸟相与还。"
⑧ 苏轼《临江仙·送钱穆父》："人生如逆旅，我亦是行人。"
⑨ 此次讲学主要为秦汉史。
⑩ 兼讲诗歌翻译与中国禅宗发展史。
⑪ 克里斯蒂安斯泰德大学校舍原为兵营。
⑫ 余于 2005 年 8 月 6 日抵瑞，至 9 月 3 日离瑞，在瑞二十余日。
⑬ 苏轼《蝶恋花·春景》："枝上柳绵吹又少，天涯何处无芳草。"

拜　师

余今已逾不惑之年，终于如愿以偿，投师于周流溪先生门下。忆昔治学经历，求索艰难，夜雨书灯，所获终浅，感慨非一端也。今逢良师，通才博学，沐此宗风，至为难得。唯愿在先生督导之下，发挥才华，有所建树，不枉平生鸿鹄之志。书此俚句，恭呈先生。

海阔山深路阻长[1]，飘零书剑欲何方[2]？屡经尘迹劳筋苦[3]，未悔平生问学忙。几度纵横逢日暮[4]，一番波折上莲堂[5]。即今修道宗风里，花雨诸天永沐芳[6]！

附周先生2005年9月开学时赠诗

示杨子

人求甲富何宁日，我遇奇才[7]此乐时。元白擅场方雅俗，苏黄独步和诗词。友师豪兴归谈助，学问倾情纵论持。环宇云霞腾万里，几回山水引幽思[8]。

中秋感思[9]

何须悲摇落[10]，秋乃小阳春。月逢最明夜[11]，黄花瘦可人[12]。宋

---

① 《诗经·国风·秦风·蒹葭》："遡洄从之，道阻且长。"

② 苏轼《九月二十日微雪，怀子由弟》："未成报国惭书剑，岂不怀归畏友朋。"古代因读书做官、仗剑从军、离乡背井、求取功名而出门在外，久游未归谓之书剑飘零。

③ 《孟子》："天将降大任于斯人也，必先苦其心志，劳其筋骨……"

④ 杜甫《投赠哥舒开府翰二十韵》："几年春草歇，今日暮途穷。"

⑤ 北宋理学家周敦颐有《爱莲说》，此借指吾师周先生。

⑥ 佛教语，诸天为赞叹佛说法之功德而散花如雨。纳兰性德《浣溪沙·大觉寺》："燕垒空梁画壁寒，诸天花雨散幽关，篆香清梵有无间。"

⑦ 原为"英才"，用《孟子》"得天下英才而教育之"之典。

⑧ 2008年6月25日晚同增成师兄、孝颖师妹登门拜别周先生及师母，周先生将此诗示赠，并言当年在学生中得才子与佳人。才子指杨子，佳人指姜志芳（可惜姜志芳师妹因硕士学位原因而未能跟随周先生）。

⑨ 乙酉年中秋后北京。

⑩ 杜甫《咏怀古迹》："摇落深知宋玉悲，风流儒雅亦吾师。"

⑪ 杜甫《月夜忆舍弟》："露从今夜白，月是故乡明。"

⑫ 李清照《醉花阴》："莫道不销魂，帘卷西风，人比黄花瘦。"

玉原风雅,陶潜自本真①。团圆留好梦,佳兴付诗神。登临来闾阖,俯仰念人民。风光开境界,俗怀安可陈。清蛩毋用泣,时序永长新。

许渊冲先生翻译论

许先生译论有八 yi:一、依、异、易、意、艺、益、怡,皆解“译”义也,因戏为一绝。

噫译一依伊意猗②,咦译怡颐宜迻夷③。唉译倚绎以已矣④,吃译易义益异艺⑤。

恩师周流溪先生六十大寿贺诗

周星六十座无尘⑥,李艳桃秾天下春。一扫群科何广阔⑦,独谙众语自精神。博通文史疏吴鼎⑧,雅集风骚解越人⑨。渊远流溪连浩渺,泛槎河汉遍求真。

2006 年元旦试笔

律转春回又一周,人生事业两风流。从今破壁冲天去,遍发光华照九球⑩。

---

① 陶渊明《饮酒》:“采菊东篱下,悠然见南山。”

② 此句陈翻译以原文本为依据。

③ 此句惊翻译译自外文,有娱悦作用。

④ 此句叹译者有主体性之演绎。

⑤ 此句疑翻译中叛逆与创造是否值得肯定。

⑥《药师琉璃光如来本愿功德经》:“曼殊室利,若有净信善男子善女人等,欲供养彼世尊药师琉璃光如来者,应先造立彼佛形像,敷清净座而安处之。散种种花,烧种种香,以种种幢幡,庄严其处。”

⑦ 先生治学十分宽广,涉及语言学、教育学、历史学、文学、天文学、考古学等。周恩来《大江歌罢掉头东》:“大江歌罢掉头东,邃密群科济世穷。”

⑧ 先生对吴鼎金文有考疏。

⑨ 先生有《越人歌》解,使用汉藏语系诸语言对《越人歌》之原文进行疏解。

⑩ 九球,指太阳系九大行星。

北京早春二月雪赋

梦回彩笔兴犹赊，恰值京师天雨花。应是文章惊宇内，岂唯妙法说莲华！

岳父大人七十六华诞，不得亲往，以诗代礼

抱朴[①]守衡[②]南极翁[③]，滂沱妙句[④]托归鸿。三山远散闲仙客[⑤]，四皓长钦助汉功[⑥]。蔗境居来轻玉宇[⑦]，恒沙[⑧]算罢笑金铜[⑨]。莱衣

① 为《抱朴子》之省称。《抱朴子》，晋代葛洪所作，为道家外丹术之著作。葛洪，字稚川，号抱朴子，晋代名医，以炼丹术闻名于世。《抱朴子》分《内篇》和《外篇》，《内篇》讲神仙方药等内容，其中多含中国早期化学思想和实践。此用于对化学家的美称。

② 自然界中最普遍的物理和化学规律之一。该词亦含达观淡远的人生态度之义。

③ 杜甫诗《寄韩谏议》："周南留滞古所惜，南极老人应寿昌。"此指寿星。

④ 为清代板桥道人郑燮寿李公诗，诗曰："奈何奈何可奈何？奈何今日雨滂沱！滂沱雨祝李公寿，寿比滂沱雨更多。"

⑤ 传说东海有蓬莱、瀛洲、方丈三山。白居易《长恨歌》："忽闻海上有仙山，山在虚无缥缈间。"

⑥ 秦末汉初，秦朝博士东园公唐秉、角里先生周术、绮里季吴实、夏黄公崔广不满秦暴政，长期隐居商山，出山时皆八十有余，须发皆白，时称"商山四皓"。刘邦久闻他们的大名，欲请他们出山为官而被拒绝。刘邦登基后，立长子刘盈为太子，封次子如意为赵王。后来见刘盈天生懦弱，才华平庸，而次子如意却才学出众，聪明过人，有意废刘盈而立如意。刘盈的母亲吕后闻听，非常着急，便遵照开国大臣张良的主意，聘请商山四皓。一天，刘邦与太子一起饮宴，见背后里有四位白发苍苍的老人，问后才知是商山四皓出来辅佐刘盈，于是打消了废太子的念头。刘盈即位后，是为惠帝。李白《商山四皓》："功成身不居，舒卷在胸臆。"商山在陕西省丹凤县商洛镇。

⑦ 蔗境，喻人生之佳境。南宋刘辰翁《望江南·寿谢寿朋》："当富贵，掩鼻正高眠。欲语会稽仍小待，不知文举更堪怜，蔗境在玩坚。"苏轼《水调歌头·明月几时有》："我欲乘风归去，又恐琼楼玉宇，高处不胜寒。"

⑧ 恒河沙数之简称。《大智度论》卷七："问曰：'如阎浮提中，种种大河，已有(超)过恒河者，何故长言恒河沙数等？'答曰：'恒河沙多……'"《金刚经·无为福胜分第十一》："以七宝满尔所恒河沙数三千大世界，用以布施。"

⑨ 金铜仙人之简称。李贺《金铜仙人辞汉歌并序》："魏明帝青龙元年八月，昭宫官迁车西取汉孝武捧露盘仙人，欲立置前殿。宫官既拆盘，仙人临载，乃潸然泪下。"

未着心真愧①，自欲题诗满浙东②。

贺德亮师兄博士毕业，兼得佳偶仲梅

少年才俊占春风，一朵梅花格外红。处士高贤成故事③，桥边绚烂映篁丛④。归来月夜闻环珮⑤，赚得良宵捧玉钟⑥。修到人间王子妇，十分清瘦却香浓。

贺香兰师姐博士毕业

所南才调一枝传⑦，两朵分呈贺笔前。九畹而今逢刈日⑧，使人长忆永和年⑨。

---

① 为老莱衣之省称。老莱子（约公元前599—约公元前479），春秋晚期著名思想家，“道家”创始人之一，中国历史上著名的孝子之一，楚国人。他孝养二老双亲，自己七十二岁时，常着彩衣，作婴儿啼，以悦父母。

② 苏轼《三过本觉寺》：“万里家山一梦中，吴音渐已变儿童。每逢蜀客谈终日，便觉峨眉翠扫空。师已忘言真有道，我除搜句百无功。明年采药天台去，更欲题诗满浙东。”

③ 林逋隐居西湖孤山，终身不仕，有梅妻鹤子之称。鲁迅《阻郁达夫移家杭州》：“坟坛冷落将军岳，梅鹤凄凉处士林。”

④ 南宋陆游《卜算子·咏梅》：“驿外断桥边，寂寞开无主。”此反其意而用之。北宋苏轼《和秦太虚梅花》：“江头千树春欲暗，竹外一枝斜更好。孤山山下醉眠处，点缀裙腰纷不扫。”清龚自珍《鹊楼仙·种红梅一株于竹下，赋此》：“文窗一碧，萧萧相倚，静袅茶烟一炷。箨龙昨夜叫秋空，似怨道天寒如许。　　安排疏密，商量肥瘦，自剷苔痕辛苦。从今翠袖不孤清，特著个红妆伴汝。”

⑤ 南宋姜夔《疏影》：“苔枝缀玉，有翠禽小小，枝上同宿。客里相逢，篱角黄昏，无言自倚修竹。昭君不惯胡沙远，但暗忆、江南江北。想珮环、月夜归来，化作此花幽独。”明高启《梅花》：“琼枝只合在瑶台，谁向江南处处栽。雪满山中高士卧，月明林下美人来。寒依疏影萧萧竹，春掩残香漠漠苔。自去何郎无好咏，东风愁寂几回开。”

⑥ 德亮兄六月二日论文答辩毕，师生当晚会宴于兰蕙，时仲梅在座。余向王兄戏贺云：洞房花烛夜，金榜题名时。王兄便向余索诗，为此，仲梅起，捧钟同余干杯，十分感怀。北宋晏几道《鹧鸪天》：“彩袖殷勤捧玉钟，当年拚却醉颜红。”

⑦ 郑思肖，字忆翁，号所南，元代著名画家、诗人。曾为宋太学生，应博学鸿词科，宋亡不仕，以画寄志。擅长画兰花，并以此出名，有《墨兰图》。

⑧ 屈原《离骚》：“余既滋兰之九畹兮，又树蕙之百亩。畦留夷与揭车兮，杂杜衡与芳芷。冀枝叶之峻茂兮，愿俟时乎吾将刈。”此借其意，喻今日之硕果皆因导师之栽培。

⑨ 王羲之《兰亭集序》：“永和九年，岁在癸丑，暮春之初，会于会稽山阴之兰亭，修禊事也。”此借指答辩会后众师生于兰蕙之相聚也。

祝贺董敏博士毕业

英台故事早翻新，铸揽嫱施子建亲①。小宛无由生末世②，仙姝有处托娇身。叔孙兴礼通时务③，许慎研经重说文④。字印胶泥升智慧⑤，道卿才调自传神。

行香子·再赠董敏博士

健笔纵横⑥，繁露晶莹⑦。草芊芊、千里晴明⑧。娇娆舌妙⑨，小宛腰轻⑩。具文人直，贤人智，美人情。　　如诗境界，似锦前程。

---

① 贺铸(1052—1125)，字方回，号庆湖遗老，卫州共城(今河南辉县)人。娶宋宗室女，授右班殿直。元祐中，通判泗州。晚年退居吴下，筑室于横塘，所作词，婉丽深情，妖冶如揽王嫱、西施之袪，有《东山词》。杜甫《赠韦左丞》："赋料扬雄敌，诗看子建亲。李邕求识面，王翰愿卜邻。自谓颇挺出，立登要路津。致君尧舜上，再使风俗淳。"

② 董小宛(1624—1651)，本名董白，字小宛，亦字青莲，号宛君。名与字均因仰慕李白而起，金陵八艳之一，有闺阁雅致，才貌双绝，然生于明末，身世飘零，后归冒辟疆。袁枚有诗云："射雉山头一笑年，相思千里草芊芊。"

③ 叔孙通，又名何，薛(今山东滕县东南)人，以文学见长。秦时为待诏博士。入汉，他自荐为汉王制定朝仪，采用古礼并参照秦的礼法，在曲阜召儒生与其定礼，对汉朝乃至后世汉官威仪的形成产生影响。此兼指董敏适应国家需要，而做法律语言学的研究。

④ 许慎(约58—约147)，字叔重，汝南召陵(今属河南郾城)人。三十岁举孝廉，入京从贾逵受古学。章帝八年，补为太尉南阁祭酒，后为五经博士校书东观，有"五经无双许叔重"之称。著有《五经异义》《说文解字》等。此兼指董敏研究语言学的目的是为了我国法律建设。

⑤ 毕昇(？—1051)，北宋发明家，徽州(今安徽歙县)人[一说淮南路蕲州蕲水县直河乡(今湖北省英山县草盘地镇)人]。据沈括《梦溪笔谈》卷十八"技艺"：庆历年间，布衣毕昇用胶泥刻字，每字一印，以火烧硬后，制成活字。据闻，毕昇是受印章的启发做此发明的。此兼指董敏的博士论文能出版发行。

⑥ 董狐，春秋晋国太史，史称史狐。周太史辛有的后裔，因董督典籍，故姓董氏。董狐秉笔直书的事迹实开我国直笔传统的先河。杜甫《戏为六绝句》："庾信文章老更成，凌云健笔意纵横。"

⑦ 《春秋繁露》传为汉董仲舒所作。

⑧ 袁枚《咏董小宛》："射雉山头一笑年，相思千里草芊芊。"白居易《赋得原上草送别》："野芳侵古道，晴翠接荒城。"

⑨ 董娇娆，汉代美人。杜甫《春日戏题恼郝使君》："细马时鸣金騕褭，佳人屡出董娇娆。"曹妙清《竹枝词》："美人绝似董娇娆，家住南山第一桥。不肯随人过湖去，月明夜夜自吹箫。"

⑩ 杜牧《遣怀》："落拓江湖载酒行，楚腰纤细掌中轻。"

愿诸天、精进修行①。眼光独到②，福慧双成③。看仙家乐，方家识，大家名④。

参加国家外文局2006年上半年“全国翻译专业资格（水平）考试”阅卷述怀，兼呈阅卷诸位同仁

瑶台小住聚琼楼⑤，共览春闱举逸流⑥。俊杰偏从科外得⑦，明夷正向卷中求⑧。英才络绎来吾彀⑨，鴃舌高难出异尤⑩。大好球潮辜负了⑪，还如苏轼在杭州⑫。

雪

天台妙法⑬漫空闻，一笛吹来万树芬⑭。淡雅偏宜陪逋妇⑮，轻

① 据《金光明经·鬼神品》，佛有二十诸天，依次为功德天、辨才天、大梵天、帝释天……。佛学有六度：布施、持戒、忍辱、精进、禅定、般若。精进为菩萨唯一善根。

② 佛教诸种智慧修行的境界。据说，释迦牟尼佛成佛时，已经打开了天眼，能看到宇宙的结构。

③ 福慧，佛教名词，常指爱情和事业。董双成是神仙中唯一成仙的董姓女子。她是传说中西王母的蟠桃仙子，望仙桥就是她丹成得道，自吹玉箫，驾鹤仙去的地方。白居易《长恨歌》：“金阙西厢叩玉扃，转教小玉报双成。”

④ 东汉女史家班昭及其兄班固续修《汉书》，时人称之为“大家”。

⑤ 瑶台山庄在北京昌平区九里山。

⑥ 此为上半年考试阅卷，犹旧时之春闱也。孔子曰：“兴灭国，继绝世，举逸民。”

⑦ 旧时科举未有外语一科。

⑧ 明代设有明夷馆，为中国最早对外翻译机构。明夷亦为六十四卦之一，明末清初黄宗羲有《明夷待访录》。

⑨ 唐继隋之科举，太宗谓群臣曰：“天下英才来吾彀矣。”

⑩ 我国自战国时代就设有翻译一职，名为舌官。孟子谓少数民族语言为夷蛮鴃舌。李鸿章奏疏：京师同文馆之设实为良法，行之既久，必有仁人志士奇尤异敏之士出乎其中。

⑪ 时世界杯足球赛正在德国慕尼黑举行。

⑫ 苏轼于熙宁四年（1071）十一月任杭州通判，熙宁五年七月底被任为乡试监试官，放榜拖到了八月十七日，因陪催试官刘㧑错过了钱塘观潮的机会。

⑬ 天台山国清寺为佛教天台宗之祖庭，奉中观教法，持诵《妙法莲华经》，传诵此经授此法时，漫天雨花。

⑭ 岑参《白雪歌送武判官归京》：“忽如一夜春风来，千树万树梨花开。”

⑮ 传林逋梅妻鹤子。

柔正好慰昭君①。陶庵逸甚文堪赏②，太白飘然思不群③。莫道诗家多咏絮④，高才本自出寒门！

忆同妻到九峰山探梅⑤

日暮天寒⑥叠嶂遮，临篁近水访林家⑦。当时已觉非人世，况是如今别梦赊。

丁亥年夏在京东怀柔区民政职工休养所参加中国外文局翻译资格考评中心阅卷工作，草此示诸位同仁⑧

托迹烟霞入翠微⑨，一群仙侣阅春闱。无多好兆梦中见，几许时花笔下奇。共览山光评黼黻，都从鸟语⑩访明夷。云间会罢人间去，皓月长留摘桂期。

回老家安徽潜山赋

寻宗千百里，夜雨入潜山⑪。前辈⑫来相接，通名语自安。天明看县治，佳景实非凡。八代飘零久⑬，槐荫⑭始得观。

---

① 王昭君。

② 张岱（1597—1679），明代散文家，有《湖心亭看雪》。

③ 杜甫《春日忆李白》："白也诗无敌，飘然思不群。"李白《北风行》："燕山雪花大如席，片片吹落轩辕台。"

④ 晋名将谢安，寒雪日内集，与儿女讲论文义。俄而雪骤，公欣然曰："白雪纷纷何所似？"兄子胡儿曰："撒盐空中差可拟。"兄女曰："未若柳絮因风起。"公大笑乐。

⑤ 时在2007年1月。

⑥ 杜甫《佳人》："天寒翠袖薄，日暮倚修竹。"

⑦ 林逋之家。

⑧ 时在2007年6月1日至5日。

⑨ 休养所在深山里，近一水库。

⑩ 孟子称外语为夷蛮鴂舌。

⑪ 2007年7月20日乘长途汽车自甬至潜费十余小时，入安徽安庆市后已晚八点矣，时大雨，历约一小时有余。

⑫ 同宗杨竹胜，似字辈，长余两辈，在潜山县城开饭店。

⑬ 自公衣棋于乾隆年间迁出古潜至舒城晓天后，至我前字辈，已八代矣。

⑭ 王杨氏祖堂名，据传为苏轼所起。

参加老家族谱续修后发放仪式，作诗三首以记其盛

六十周星一庆中[①]，王杨世代有家风[②]。而今谱牒新修定[③]，更待期年再叙宗。

新修谱牒赖群公[④]，昭穆尊卑一姓同。三载功夫成巨著[⑤]，问刊何卷乍相逢[⑥]。

族人十代一堂中[⑦]，共话沧桑感慨同。乍见称名问何辈[⑧]，煌煌谱牒可归宗[⑨]。

游天柱山

2007年7月23日，由似炎公夫妇陪同，同辈前柱驱车，前往天柱山。晨5点余自似炎公家启程，途径潜山县城，后直奔天柱。途中大雨，不得登山，只游其周边风景而已，然此游亦十分快意。

山唤皖公未了青[⑩]，远人千丈起豪情。车行玉带登天去，滂沱帝遣雨相迎。清凉世界离尘嚣，一霎成仙喜不胜。峰前馆阁天台遇，阮肇后身亦自惊。飘然随雾临禅院，新修庙宇佛光灵。修篁冉冉殊风韵，雨霁山云四野轻。飞泉挂壁开图画，天柱遥看似玉筝。

---

① 自1946年至2007年，王杨氏正式两修家谱，其中1988年曾修过一次，但规模较小，不甚成功。

② 吾宗复姓王杨，历代修谱之序有两种说法：一为赐姓说，本姓王，隋代赐国姓杨；一为从家婆姓说。余经考证，后种说法可能性较大。

③ 本次重修王杨氏统谱与宗谱，自2005年至2007年，历时三年始告成。前辈杨似炎夫妇自潜至甬，约余为统谱作序，刊于卷首，王杨氏中余之一支人物刊于卷三。

④ 此番修谱涉及安徽、江西，虽是分修，规模堪称宏大。安徽部分，玉宽公（续字辈）、似炎公、文仲公用功尤勤。

⑤ 《王杨氏宗谱》共三十九卷。

⑥ 发谱之日在2007年7月21日，各地领谱人齐聚古潜水吼镇王杨氏老屋，初次见面，大家叙宗。

⑦ 据似炎公说，此次参加发谱仪式自衣至永，凡十代。

⑧ 此次谱牒发放仪式乃王杨氏百年不遇之大聚会，同姓同宗却又不相识，见面无须问姓，只须问辈问名。

⑨ 此番修谱有两项改革：一是在家之女子可正式入谱；二是每卷之前都附支派渊源总表，一目了然。

⑩ 杜甫《望岳》："岱宗夫如何，齐鲁青未了。"

千岩万壑神仙府，晋字唐诗石上声。人间欲返疑无路[1]，阊阖徜徉一虹横。风雨经来途壮阔，心魂一洗自由行。此游已接天人际，归来相忆慰平生。

游三祖寺

三祖寺在天柱山麓，余一行四人于2007年7月23日游天柱山归途中游此。佛土圣地，庄严非凡。身经佛境，亲瞻禅宗三祖圣迹，玄想其行香传教威仪，感而赋此。

天香桂子落千年，一代名师圣迹传[2]。日上高林[3]禅自隐，花香古寺石能仙。山僧老少空门永，宝殿清幽众佛悬。有幸萍踪今过此，客心已结释家缘。

喜见潜岳名士林斗山先生

名山事业[4]识高情，今日相逢喜不胜。诗赋殊才常乐道，梨园绝艺早闻名。梅花格调谁能赏？重九吟哦意自成。除却古潜张恨水，文坛大侠任君行[5]。

2008年5月15日同张征师妹游北京植物园

托迹烟霞水一湾，曹家黄叶古村前[6]。红楼[7]缥缈无寻处，独向花丛看蝶翩[8]。

---

① 陆游《游山西村》："山重水复疑无路，柳暗花明又一村。"

② 三祖寺位于安徽天柱山南面景色怡人的凤形山上，为南朝国师宝志禅师开创，梁武帝赐名山谷寺。隋初，禅宗三祖僧璨来此弘法教学，并传衣钵给四祖道信，于公元606年在此立化，故称三祖寺。

③ 常建《题破山寺后禅院》："清晨入古寺，初日照高林。"

④ 林斗山先生为乡贤名流，多才多艺，除诗词创作外，能曲会戏，更著有《天柱山》一书，介绍天柱山。

⑤ 林先生才情甚高，惜居乡里。

⑥ 传黄叶村为曹雪芹故居。

⑦ 兼指《红楼梦》。

⑧ 纳兰性德《蝶恋花》："唱罢秋坟愁未歇，春丛认取双栖蝶。"

2008年6月博士毕业，感赋辘轳体五首

三年辛苦不寻常[①]，总为平生事业忙。夜雨孤灯频展卷，春风别梦独吟章[②]。京华托迹征鸿渺，鸩舌通神大道长。立雪[③]而今能入室，喜穷幽讨上莲堂。（自赠）

俱在师门谊自长，三年辛苦不寻常。几番仿拟辞千叠，一卷文章意万行[④]。此日陈诗催别泪，他时对烛话同窗[⑤]。鱼龙毕竟归江海，分袂依依惜芰香[⑥]。（赠么孝颖师妹）

寒梅立雪自芬芳，复把芬芳入翰章。一卷佳文何雅洁，三年辛苦不寻常。已欣孤寂增春树[⑦]，更喜高飞作雁行。别罢令晖雷岸去[⑧]，天涯渺渺隔参商[⑨]。（留别孙咏梅师妹）

密藏曾参一瓣香，梵王宫里结缘长[⑩]。文心雅意同兰蕙，古典今经共否臧[⑪]。六字真言原曲折[⑫]，三年辛苦不寻常。学成归向秦

---

① 曹雪芹《红楼梦》引子："字字看来都是血，十年辛苦不寻常。"

② 黄庭坚《寄黄几复》："桃李春风一杯酒，江湖夜雨十年灯。"

③ 《宋史·杨时传》："（杨时）熙宁九年，中进士第。时河南程颢与弟颐讲孔、孟绝学于熙、丰之际，河、洛之士翕然师之。时调官不赴，以师礼见颢于颍昌，相得甚欢。其归也，颢目送之曰：吾道南矣。四年而颢死，时闻之，设位哭寝门，而以书赴告同学者。至是，又见程颐于洛，时年盖四十矣。一日见颐，颐偶瞑坐，时与游酢侍立不去，颐既觉，则门外雪深一尺矣。"

④ 么师妹博士论文研究仿拟。

⑤ 李商隐《夜雨寄北》："何当共剪西窗烛，却话巴山夜雨时。"

⑥ 屈原《离骚》："制芰荷以为衣兮，集芙蓉以为裳。"

⑦ 杜甫《春日忆李白》："渭北春天树，江东日暮云。"

⑧ 鲍照有《登大雷岸与妹书》。

⑨ 杜甫《赠卫八处士》："人生不相见，动如参与商。"

⑩ 许军娥博士，余于2005年10月在雍和宫参观时相识。

⑪ 许博士在北师大文学院研究儿童文学的经典化问题。

⑫ 六字真言乃"唵嘛呢叭咪吽"，梵文原文为"愿珍珠放在莲花上吧"，此咒文意义深刻。雍和宫里六字真言系用蓝札字，一音节一字，共六字。

川①去，日近长安翘首望②。（赠许军娥师妹）

相逢萍水作同窗，负笈京华衿泽香③。但为俄英争异识，也曾风雨话连床④。宵灯已共书千卷，译路长留迹一行⑤。博士雄文多建树，三年辛苦不寻常。（赠赵小兵师弟）

毕业南归，别恩师周先生

一片荷衣染泽香，三年已许在莲堂。诸多羽燕⑥俱求索⑦，几许星官⑧共主张。晓雪⑨远呈天道气，韧芝⑩近向岭头阳⑪。杏坛承教宗风永，学海传灯更远航。

附周先生和诗

送杨生归越

秀丽江淮几稻香⑫，锦衣晔晔慰萱堂。丈夫四秩堪驰骋⑬，学子三千待廓张。句义用知穷海岳⑭，儒名道佛辨阴阳。中华诗统非闲

---

① 许博士在咸阳师范学院工作。

② 刘义庆《世说新语·夙惠》："晋明帝数岁，坐元帝膝上。有人从长安来，元帝问洛下消息，潸然流涕。明帝问何以致泣，具以东渡意告之。因问明帝：'汝意谓长安何如日远？'答曰：'日远。不闻人从日边来，居然可知。'元帝异之。明日，集群臣宴会，告以此意，更重问之，乃答曰：'日近。'元帝失色，曰：'尔何故异昨日之言邪？'答曰：'举目见日，不见长安。'"辛弃疾《鹊桥仙·和范先之送祐之弟归浮梁》："莫贪风月卧江湖，道日近长安路远。"王实甫《西厢记》第一本第一折："望眼连天，日近长安远。"

③ 周恩来《送蓬仙兄返里有感》："相逢萍水亦前缘，负笈津门岂偶然。"

④ 苏轼《送刘寺丞赴余姚》："中和堂后石楠树，与君对床听夜雨。"秋瑾《挽故人陈阕生》诗序："回忆省垣聚首，风雨连床，曾几何时？谁怜一别，竟无会面之期。"

⑤ 赵师弟乃郑海凌先生之弟子，研究翻译，曾译俄文小说，常与余研讨译法。

⑥ 语言也。

⑦ 余读博期间自学了梵语、藏语、斯瓦希里语、拉丁语和希腊语。

⑧ 新观也。

⑨ 小学也。

⑩ 认知也。

⑪ 领头羊也。

⑫ 余籍贯安徽。

⑬ 余毕业时早逾不惑之年。

⑭ 句法、语义、语用、认知。

事，唐宋薪传任领航①。

同赵小兵博士重游香山

香山风景好，三载②喜重游。今日逢炎夏，上回在晚秋。幽花申后约，红叶待名流。两度遥踪在，名山事业留。

同赵小兵博士、李林德专家游八大处公园

三人一道访名山，山在京西霄汉间。佛土庄严藏舍利③，莲池缥缈出人寰。历朝印妙④文同赏，临壑峰高石共攀。满载风光归凤阙，小楼夜话自清闲。

2008年6月底博士毕业于北京师范大学，感赋

布谷声中别校园，李桃香径涉三年。业师言教犹留耳，往事情怀已散烟。书剑蹉跎今有计，才知高叠岂无缘⑤？锦衣着后增身价，大道从今一马先。

晤张培峰、马秋武、田学军三博士于天津华苑⑥

旧雨相逢际会时，小楼同学喜新知⑦。今宵酒美何妨醉？老杜当年累十卮⑧！

---

① 周先生此诗作于2008年6月27日。6月25日余与增成、孝颖拜访周先生及师母，留诗一首《毕业南归，别恩师周先生》，周先生步原韵而和。

② 2005年至2008年。

③ 八大处有香界寺和大悲寺，藏有佛舍利。

④ 寺庙外有历代印刻公园。

⑤ 三年在北京师范大学所学很多。

⑥ 时在2008年6月28日。

⑦ 言谈之中，知培峰兄在孙昌武先生指导下学问大增。

⑧ 杜甫《赠卫八处士》："主称会客难，一举累十觞。十觞亦不醉，感子故意长。"

与魏俊富、钱晓明、李秀旧友重逢于天津大通花园会所酒店[①]

君子天行起布衣，风云际会喜逢期。津门旧日高阳友[②]，一醉开怀忆昔时。

2008年7月1日夜自京南归

2008年6月30日乘海航20:30飞机自京南归，逢首都机场雷电雨，飞机推迟起飞约两小时，至甬已7月1日凌晨矣。

三年北国鲲深蛰，万里南飞鹏启程[③]。皓首长吟千夜暗，山妻久待一灯明。西窗漫话秋池雨，学熟新收八九成。诗屋迎归东海岸，清宵乐奏有虫鸣[④]。

赴宁波大学外语学院于兴昌酒店为余接风洗尘之宴

2008年7月1日晨电告范谊院长博士毕业回校报到。中午学院安排洗尘之宴，约我与夫人同去。时范谊院长、戚锦阳书记、段汉武副院长、南佐民副院长、杨廷君院助、蒋兰丽人事秘书、叶政副书记、郭勇博士在座。

旧雨相逢意气先，自怜湖海别三年[⑤]。长怀独客分襟意，最惜诸君共事缘。杯酒今朝宜一醉，书灯往夜几曾眠？觥筹交错情难已，百倍精神对四筵[⑥]。

---

① 时在2008年7月29日。

② 司马迁《史记》卷九十七《郦生陆贾列传》："郦生食其者，陈留高阳人也。好读书，家贫落魄，无以为衣食业，为里监门吏。然县中贤豪不敢役，县中皆谓之狂生……田广以为然，乃听郦生，罢历下兵守战备，与郦生日纵酒。"

③ 庄子《逍遥游》："北冥有鱼，其名为鲲。鲲之大，不知其几千里也。化而为鸟，其名为鹏。鹏之背，不知其几千里也；怒而飞，其翼若垂天之云。是鸟也，海运则将徙于南冥。南冥者，天池也。"

④ 毛泽东《浣溪沙·和柳亚子先生》："一唱雄鸡天下白，万方乐奏有于阗，诗人兴会更无前。"

⑤ 王安石《示长安君》："自怜湖海三年隔，又作尘沙万里行。"

⑥ 刘禹锡《酬乐天扬州初逢席上见赠》："今日听君歌一曲，暂凭杯酒长精神。"杜甫《饮中八仙歌》："焦遂五斗方卓然，高谈雄辩惊四筵。"

郭勇兄于川福楼招饮，钱志富、崔雨、贺爱军诸兄在座

旧友高楼对饮欢①，何仿醉后沥心肝。一腔豪气依然在，四十男儿不劝餐②。

同夫人赴许生颖欣新婚喜宴

许生颖欣，许希明教授长女，昔师从吾乡友莫莉莉教授研究ESP，今于杭州某高校工作，回甬重办婚宴。婚宴设在江南印象大酒店。其夫张翔乃宁波大学人事处原处长张宏洪先生之公子，现于浙江大学读博。

晚辈新婚乐不支，学缘乡友昔曾师。有如亲女逢今喜，不似人家话后嗣。岁月不居吾老去，青春长忆日披靡。一杯喜酒难辞醉，祝福新人家室宜③。

宫丽副教授自英归国，同事在美客美餐厅设宴为其洗尘，余应邀赴之

2008 年 7 月 11 日晚宫丽副教授自英学习一年回国，邢志祥老师约请在宁大留学生公寓美客美为其洗尘。时马晓阳、杨洪鉴、贾玉成全家，韦昭华夫妇，邢志祥及宫丽朋友与司机在座。

万里遥归大海西④，喜听消息自天涯。英伦岛国文明在，藏独邪风涕泪垂⑤。羽燕翩翩分鸩舌，精神处处别华夷。当年玄奘高昌待，一路欢迎是礼仪⑥。

---

① 王维《少年行》："相逢意气为君饮，系马高楼垂柳边。"

② 《古诗十九首》："弃捐勿复道，努力加餐饭。"

③ 《诗经 · 周南 · 桃夭》："桃之夭夭，灼灼其华。之子于归，宜其室家。"

④ 西洋。

⑤ 席间宫丽老师谈到在英的藏独活动情况，义愤填膺。

⑥ 玄奘自印度归国时，至高昌国停下，探听唐太宗的消息，了解其态度，最终受到高规格接待，太宗皇帝迎自长安城外。

2008年7月13日宁波栎社机场送岳父岳母之蜀

7月13日内兄周游迎其父母入川一住，清晨由周湘安排小狄驱车至栎社机场，周湘夫妇、余及夫人同去机场相送。

蜀国休闲信有征，飞身一去看分明。邛崃美酒文君在[①]，锦里香楼食客盈。可与关张谈往事，堪同杜薛说风情。青城道观神仙薮，到处周游快意行。

新注《楚辞》感赋

《楚辞》学问两千年[②]，参与其间有圣贤[③]。屈子文章深且雅，诸君见解后承前。嗟余染指功夫浅，愿此传神世界先[④]。日月齐光长耀眼[⑤]，连通中外启新篇。

赴宁波理工学院国际交流学院聂利亚院长为宫丽副教授洗尘之宴，在奉化野味馆，时王江鸿、章新格、马晓阳、杨洪鉴、钱志富诸仁兄在座

学成归国礼相迎，设宴琼楼贺友生[⑥]。酒美群宾惭浅量，盘多野味足高情[⑦]。风流阔论无宾主，俊逸深谈有醉醒。古道依然今喜识，厚谊长结一杯倾。

李其金、于应机、贾玉成三家来寒舍小集，感赋

欢筵一过已三年，意气相投总惜缘。旧雨几人多白发，新知何

① 邛崃市有文君酒厂，酒窖始自汉代，已有两千余年。
② 自东汉王逸《楚辞章句》以来，楚辞研究已历两千余年。
③ 朱熹、王夫之、戴震等一批最有影响的学者都研究过楚辞。
④ 余所作楚辞研究乃以研究式翻译为主。
⑤ 李白《江上吟》："屈平辞赋悬日月，楚王台榭空山丘。"
⑥ 《诗经·小雅·常棣》："虽有兄弟，不如友生"、"傧尔笾豆，饮酒之饫"。
⑦ 杜甫《客至》："盘飧市远无兼味，樽酒家贫只旧醅。"

故少青钱①？家常慧骨消磨早②，世事情怀老去偏！劝得深杯堪饮尽，精神再振梦重圆③。

杭州湾大桥建成通车，感赋

雨伯飞虹幻不坚，嫦娥舞袖短难颁。浙东儿女多风采，唤出蛟龙跨海湾。

2008年7月25日上午于宁大校东勤勇村樟树林中小坐

江村小步觅清凉，樟树林中可置床。蜨蝶时临庄子梦④，幽花正显佛陀乡⑤。两忘物我心长静，一念成空慧已盲。漠漠田园回首处，几翎鸥鹭自轻翔⑥。

咏凤凰

2008年7月28日台风凤凰自台登陆，南经闽浙，而后西至赣。甬亦其所经之境也。

飘然远举逐鲲鹏，有凤来仪自海东。滂沛行她三日雨⑦，清凉惠我一楼风。

2008年8月2日钱志富、杨新亮二同事招饮

此日中午晚上连续赴宴于川福楼、川香阁，中午学生叶建萍，晚上同事段汉武、徐亮、杨巍、张文和在座。

---

① 席间谈到工薪少之事。

② 刘柏丽《家常》："早被家常磨慧骨，不知庸福竟何如。"

③ 刘禹锡《酬乐天扬州初逢席上见赠》："今日听君歌一曲，暂凭杯酒长精神。"

④ 《庄子·齐物论》："昔者庄周梦为蝴蝶，栩栩然蝴蝶也，自喻适志与！不知周也。俄然觉，则蘧蘧然周也。不知周之梦为蝴蝶与，蝴蝶之梦为庄周与？"

⑤ 佛祖所拈的是金色菠萝花，经文常说菠罗蜜，即大智慧、大自在之意，此花代表了智慧之意，固非寻常鲜花，迦叶尊者妙悟奥妙所在，释迦牟尼将花交给迦叶尊者。

⑥ 王维《积雨辋川庄作》："漠漠水田飞白鹭，阴阴夏木啭黄鹂。"

⑦ 宋玉《高唐赋》："旦为朝云，暮为行雨。"

兴豪来急雨，酒美赞良工。八斗①知多少，一篇留古风②。流觞兰亭会③，腊灯射覆红④。

谈论看焦遂⑤，潇洒慕山翁⑥。古井生阿满⑦，高阳出郦公⑧。称心依彩袖⑨，如意适临邛⑩。学仙于此世⑪，千盏醉人中。

观2008年北京第29届奥运会开幕式感赋

鸟巢⑫归凤龙⑬，万国聚诸公⑭。奥运逢高会，宾朋满绛宫。瑶台开大吕，阊阖击黄钟。千众鸣玉缶⑮，五环腾太空⑯。礼花追帝迹⑰，圣火逐云踪⑱。篆楷和谐里，河山画卷中⑲。雍容舞八阵，激昂歌大风。人文呈异彩，科技克群雄。星汉飞桥架，嫦娥舞袖红。五千年伟绩，三十载丰功。情怀抒壮阔，气势起恢宏。中华圆梦日，有幸我躬逢。

2008年北京第29届奥运会结束，中国队获51枚金牌，喜赋

金牌列第一，岁月铸辉煌。华夏扬眉日，龙飞凤已翔。病夫愁

---

① 才华与美酒皆八斗也。

② 此指杜甫《饮中八仙歌》。

③ 王羲之《兰亭集序》："此地有崇山峻岭，茂林修竹；又有清流激湍，映带左右，引以为流觞曲水，列坐其次。"

④ 李商隐《无题》："隔座送钩春酒暖，分曹射覆蜡灯红。"

⑤ 杜甫《饮中八仙歌》："焦遂五斗方卓然，高谈雄辩惊四筵。"

⑥ 王维《汉江临眺》："襄阳好风日，留醉与山翁。"

⑦ 曹操小字阿满，礁国（今安徽亳州）人也，古井即出自其家乡。

⑧ 高阳酒徒也。

⑨ 晏几道《鹧鸪天》："彩袖殷勤捧玉钟，当年拼却醉颜红。"

⑩ 文君当垆也。

⑪ 有酒学仙，无酒学佛。

⑫ 北京奥运场馆名。

⑬ 中华民族图腾。

⑭ 奥运会开幕式主要国家元首齐集。

⑮ 一千玉缶齐鸣。

⑯ 奥运五环旗在空中冉冉上升，灯光设计如梦如幻。

⑰ 礼花鸣放，从空中看去，如巨人前行之脚印。

⑱ 奥运圣火最后一棒传入开幕式现场，由李宁腾空点燃火盆。

⑲ 大型舞蹈节目以中国传统画卷形式展开。

不再[①],民族振炎黄。百载频求索,一朝豪气张。厚德能载物,济济在一堂。文明重崛起,服务赞邻邦。改革加开放,国家已自强。人人皆奋起,争先卅六行。大同应有望,天下共和昌。

睡莲赋

宁波大学前门大踏步两侧泮池皆种睡莲,东面24号楼竹云轩外小河亦种满睡莲,中秋盛开,喜赋,时在2008年9月。

心生佛性天,意出道人篇[②]。碧叶留仙影,清香结世缘。回头非苦海[③],立命在深渊。一朵蟾光里,悠然自在眠。

世事纷纷扰,难惊稳睡身。清凉回水国,香艳逼阳春。雅态同君子,幽姿共美人。众生须普度,故显在红尘[④]。

中秋赋

雨后风生气已凉,一轮皓月满辉光。虽然桂子无消息,犹有中秋九味香[⑤]。

牛年试笔

奋蹄俯首对春阳,别样情怀出李纲[⑥]。骨硬方教文不朽[⑦],人间伯乐亦寻常[⑧]。

---

① 昔日中国被蔑称为东亚病夫。

② 周敦颐有《爱莲说》。

③ 佛教云,苦海无边,回头是岸。

④ 佛以莲花为座,取其尘中清净之意也。

⑤ 时丹桂虽因岁初大雪而未飘香,然剑麻花、石榴花、美人蕉花、金银花、亚麻花、睡莲花、牵牛花、紫薇花、夹竹桃花犹在宁大校园开放。

⑥ 李纲《病牛》:但得众生皆得饱,不辞羸病卧残阳。

⑦ 甲骨文能被发现发掘,保留至今,盖因龟甲牛骨能长久保存也。

⑧ 伯乐能相马,未闻能相牛也,而牛岂无出众者。

走笔谢宁波诗社赠《宁波地名诗》

《宁波地名诗》(上、下卷)是由周律之先生任主编,曹厚德、李亮伟二先生任副主编,宁波市政协文史委和政协宁波诗社诸同仁共同编写的一部颇富特色的收集宁波地名胜迹历代题诗的诗集,由甘肃人民美术出版社和宁波出版社共同出版。作为宁波市文化建设的一份献礼,该书选收历代560余名诗人的1269首诗作,配以山水画作,图文并茂,装帧精美,为宁波市地方文化建设做出了重要贡献。余喜获此赠,至为珍惜,乃作此诗。

往彦题诗满浙东①,篇篇璀璨②韵无穷。时贤学识知多少,一网收来河汉空。

屈 颂

己丑年(2009)端阳节,宁波诗社在天一阁举行诗会,余受邀参加,吟诗一首,以纪念屈子云尔。

瀚墨溯源,汨罗江③兮。骚人嘉会,逢端阳兮。文化世界,尊湘累兮。横而不流,称其志兮。受命昭时,立法度兮。遭谗被谤,昏王怒兮。九死未悔,干求进兮。帝阍守关,美人困兮。悲哉屈子,何彷徨兮。屯车远游,睨旧乡兮。党人偷乐,终误国兮。行吟泽畔,辞悱恻兮。抽思怀沙,赴湘流兮。旷世左徒,赋空留兮。离骚天问,悬日月兮④。九歌九章,见风骨兮。江河万古,情不废兮⑤。今夕何夕,吟绝艺兮。

题蔡晋之《枯枝寒禽图》

蔡晋之,又名英余,1968年生,安徽六安人,余之同乡。现在宁波城市学院工作,中国美院博士,书画功底均深厚,颇富才华,后

① 苏轼《三过本觉寺》:"明年采药天台去,更欲题诗满浙东。"
② 灿如星斗也。
③ 余光中:我蓝墨水的上游是汨罗江。
④ 李白《江上吟》:"屈平辞赋悬日月,楚王台榭空山丘。"
⑤ 杜甫《戏为六绝句》:"尔曹身与名俱灭,不废江河万古流。"

必出人头地，风领画坛。《枯枝寒禽图》画意犹殊，读而题之。

三绝诗书画[①]，此图俱所任。公麟千载后，尔得一金针。花鸟传徽帝，书法秉山阴。五古安闲句，几行妙雅音。桃源通向路，尺幅共幽寻。渺渺东南海，高高姑射林。秃枝何处木，上下集鸣禽。荒寒生笔底，潇洒写胸襟。意匠经营里[②]，丹青日月侵。繁华都洗尽，枯槁一沉吟。独立临秋景，谁谙作者心？

安徽大学外语系1979级2班入学30周年聚会庐西天鹅湖

风云一聚海天长，旧雨曾经列雁行。万里征程舒健翮，卅年消息到西窗[③]。樽前笑语童心在，酒后情怀肝胆张[④]。意气从今化豪兴，相期汗漫再翱翔[⑤]。

读亮伟兄《江东赋》

上林新赋意凌云，格调飘然共浴熏。默写无多洛阳纸，江东父老赏奇文。

---

① 李啸村赠郑板桥联："三绝诗书画，一官归去来。"

② 杜甫《丹青引》："诏谓将军拂绢素，意匠惨淡经营中。"

③ 李商隐《雨夜寄北》："何当共剪西窗烛，却话巴山夜雨时。"

④ 苏轼《江城子·密州出猎》："酒酣胸胆尚开张，鬓微霜，又何妨。"

⑤ 陆游《自江源过双流不宿径行之成都》："断筰飘飘挂渡头，临江立马唤渔舟。少城已破繁华梦，老境聊寻汗漫游。"

赠别金友博先生

匡时正俗早钦君，国学钩沉护典坟①。孔诞求真②洵灼见，迁书补解③实多闻。半生潦倒悲芹圃④，一世才华叹广文⑤。鬓影萧萧归去也，凤歌⑥声里卧松云⑦。

---

① 典坟：三坟五典之省称，倒文押韵。《左传·昭公十二年》："王曰：'是良史也，子善视之！是能读三坟、五典、八索、九丘。'"三坟、五典、八索、九丘，历代注家皆云古书名。贾逵说：三坟，三皇之书；五典，五帝之典；八索，八王之法；九丘，九州亡国之戒。郑玄说，三皇五帝之书。孔安国《尚书序》："伏牺（羲）、神农、黄帝之书，谓之三坟，言大道也；少昊、颛顼、高辛、唐（尧）、虞（舜）之书，谓之五典，言常道也。至于夏、商、周之书，虽设教不伦，雅诰奥义，其归一揆。是故历代宝之，以为大训。八卦之说，谓之八索，求其义也。九州之志，谓之九丘。丘，聚也。言九州所有，土地所生，风气所宜，皆聚此书也。"

② 孔诞求真：金先生《〈史记〉孔子生年索源》发表于《宁波大学学报》2000 年第 1 期。2000 年 3 月 27 日《生活日报》的《生活焦点》栏目报道：孔子的诞生日在哪一天呢？按古历应该是夏历八月二十七日，民国时代曾将之换算成公历 9 月 28 日。不少学者对孔子"9 月 28 日"诞辰的算法表示异议，泰安学者崔玉坤和宁波学者金友博分别用最先进的计算法推算出孔子的诞辰应为 10 月 4 日或 10 月 5 日，当时得到了方毅同志和紫金山天文台权威人士的明确肯定。

③ 迁书补解：金先生有未刊稿《〈史记·太史公自序〉补解》一文（见《余修文稿》2009 年 8 月 9 日），旁征博引，从语言文字疏释和训诂以及史实的角度明辨《史记》作者的著作权问题，认为《史记》为司马谈、司马迁父子积累资料，杨恽执笔整理而成，翻两千年之旧案，极具学术价值。

④ 芹圃：曹雪芹号。其《红楼梦》第一回云："当此日则自欲将已往所赖天恩祖德、锦衣纨绔之时，饫甘餍肥之日，背父兄教育之恩，负师友规谈之德，以至今日一技无成、半生潦倒之罪，编述一集，以告天下。"

⑤ 广文：即广文先生。唐时，人称郑虔为广文先生。《新唐书·郑虔传》载，玄宗爱郑虔才，为置广文馆，以之为博士。杜甫《醉时歌》："诸公衮衮登台省，广文先生官独冷。甲第纷纷厌粱肉，广文先生饭不足。先生有道出羲皇，先生有才过屈宋。"

⑥ 凤歌：叹孔子之辞。《论语·微子》："楚狂接舆歌而过孔子曰：'凤兮凤兮！何德之衰？往者不可谏，来者犹可追。已而，已而！今之从政者殆而！'孔子下，欲与之言。趋而避之，不得与之言。"李白《庐山谣寄卢侍御虚舟》："我本楚狂人，凤歌笑孔丘。"唐玄宗《经鲁祭孔子而叹之》："叹凤嗟身否，伤麟怨道穷。"

⑦ 卧松云：李白《赠孟浩然》："吾爱孟夫子，风流天下闻。红颜弃轩冕，白首卧松云。醉月频中圣，迷花不事君。高山安可仰，徒此揖清芬。"

钱志富居士于庚寅年正月三十日将世尊释迦牟尼佛大型樟木雕像请回居所，邀余参见礼拜，并嘱题诗

想象如来净出尘①，拈花一笑②几千春。群经博览摸羚角③，众相④清除见法身。喜向莲台参佛性，更从空处着精神。而今圣迹临东海，恰似祇园⑤面本真。

---

① 净出尘：净，净名之省称。净即无垢，出尘之意。净名，亦译为无垢称，梵文为vimalakirti，音译为维摩诘（-la，-ti两音节省译）。vi，无；mala，垢；kirti，（名）称。《维摩诘所说经》，亦译《不可思议解脱经》，是在家佛教的重要经典，而维摩诘也被看成是在家佛教理想的体现者。该经叙述毗耶离（吠舍离）富有的维摩诘居士深通大乘佛法的故事。他与文殊师利等人共论佛法，阐扬大乘般若性空思想。"弹偏斥小"、"叹大褒圆"，批判一般佛弟子等所行和悟境的片面性，斥责歪曲佛道的绝对境界。认为菩萨行于非道，是为通达佛道，虽示有资生，而恒观无常，实无所贪；示有妻妾采女，而常远离五欲污泥，此即通达佛道的真正菩萨行。又把无言无说、无有文字语言，排除一切是非善恶等差别境界，作为不二法门的极致。僧肇在《维摩诘所说经注序》中称：此经所明，统万行则以权智为主，树德本则以六度为根，济蒙惑则以慈悲为首，语宗极则以不二为门。

② 《大梵天王问佛决疑经》："尔时大梵天王即引若干眷属来奉献世尊于金婆罗华，各各顶礼佛足，退坐一面。尔时世尊即拈奉献金色婆罗华，瞬目扬眉，示诸大众，默然毋措。有迦叶破颜微笑。"世尊拈花之意，唯迦叶能懂，堪称是保守了2500年的佛教秘密。释迦牟尼佛传不言之教，是为禅宗之始，强调了悟意会，教外别传，不立文字，直指人心。

③ 摸羚角：羚角，羚羊挂角之省称。据《辞源》，羚羊夜宿，角挂于树，脚不着地，猎求无迹可寻。《景德传灯录》十六雪峰义存禅师："师谓众曰：'吾若东道西道，汝则寻言逐句；吾若羚羊挂角，汝向什么处扪摸。'"

④ 《金刚般若波罗蜜经》第五品："须菩提！于意云何？可以身相见如来不？不也，世尊！不可以身相得见如来。何以故？如来所说身相，即非身相。佛告须菩提：凡所有相，皆是虚妄。若见诸相非相，则见如来。"又第六品："是诸众生无复我相、人相、众生相、寿者相；无法相，亦无非法相。何以故？是诸众生若心取相，则为著我人众生寿者。若取法相，即著我人众生寿者。何以故？若取非法相，即著我人众生寿者，是故不应取法，不应取非法。以是义故，如来常说：汝等比丘，知我说法，如筏喻者；法尚应舍，何况非法。"又第十三品："须菩提！于意云何？可以三十二相见如来不？不也，世尊！何以故？如来说：'三十二相，即是非相，是名三十二相。'"

⑤ 祇园，祇树给孤独园的简称，是舍卫国的须达长者奉献给佛陀的一座精舍，一般称为"祇园精舍"。舍卫城是西元前六世纪印度最强盛的憍萨罗国首都所在地，位于阿栖罗瓦底河上，祇园精舍就建在南方城郊外不远处，佛陀至少在这里度过二十四个雨季，教化度众无数。《阿弥陀经》和《金刚般若波罗蜜经》开卷便有"如是我闻：一时，佛在舍卫国祇树给孤独园"的描述。

庚寅清明访云溪寺

脱却尘嚣别有依，西来大隐访招提。遥思说法千年址①，不觉飞花十里溪。梦影生缘参宝殿，禅心托迹上丹墀。藏经阁下云归处，兀见天龙隐隐栖。

谢万伯春先生女儿转赠其父摄影集《明州古刹》

《明州古刹》为宁波大学文学院退休教师万伯春先生2010年在宁波出版社出版的摄影集，书中收录了宁波周边60座古刹照片，及各寺历史沿革和吟咏诗词，颇有价值。

六十珈蓝一照中，万君功德喜圆融。四明山色疏钟里，觉我书斋境也空。

宁波大学梅谱

校园群芳，余独爱梅。至宁大八年，寻得蜡梅六株，四时频访，不独腊月。余号竹云轩主人，以竹自居，以梅为友可矣。问及同事，未见有人尽知此六梅之所在，更未见人为其作谱。今特作之，勿使其淹于芜秽而没其芳姿也。谱后各附诗赞，以彰其迹。

宁大植梅甚少，仅有六株。以其校龄尚少，亦宜矣。三株立于宁大校园内，三株立于宁大文萃新村中。

梅二株，立于校园北大门奠基厅东侧，引进时地未详，枝倾，掩于群木荫中。余于甲申年冬探访相识，名之幽姿梅。诗赞曰：笼天翠影护新芽，一袭清装任掩遮。砌下孤高甘寂寞，根基留得待芳华。

梅一株，立于校园黄陈月莉楼北侧，引进时地未详，枝繁，旁有池水相映。余于乙酉年冬探访相识，名之临妆梅。诗赞曰：临水开妆香已熏，冰姿遗世作花魂。群芳不敌天寒后，早把风情让与君。

梅二株，立于文萃新村二号楼西侧，引进时地未详，枝秀，与桂

① 此寺建于唐代，近年重修。

树三株、含笑三株相伴。余于庚寅年春探访相识,名之高风梅。诗赞曰:平生托迹众芳中,待得冬来便不同。月夜遥闻环佩响,最高枝上过清风。

梅一株,立于文萃新村十五号楼南侧,引进时地未详,枝斜,在竹畔篱边。余于己丑年夏探访相识,名之逸仙梅。诗赞曰:竹外篱边岁月侵,暗香疏影雪深深。一从相识长相守,只是人家不姓林。

挽武姜生师兄①

病魔形役②两相摧,迹断中年命亦乖!半世文章谁续做,一家老小咋安排③?宿交唯有书回忆,再晤除非梦往来。未料平生多少恨,寝门哭罢④尚余哀。

2010年9月22日做肠镜检查有感

好坏心肠一镜窥,单针直入识西医。病魔狡诈如何躲?曲洞深幽到处追!血管终端寻究竟,灵魂奥府探新奇。人生至此无私隐,尽付郎中说是非。

2010年10月4日登宣城谢朓楼

2010年10月4日驱车自皖归越,途经宣城,登谢朓楼,感而赋此。

飞身禹甸事优游,莽莽山河谢朓楼。迈步撩衣堪一上,谈诗论世逐双俦⑤。玄晖格调江犹练⑥,太白风怀去欲留⑦。为聚人间二

① 时在2010年8月8日。

② 陶渊明《归去来兮辞》:"既自以心为形役,奚惆怅而独悲。"

③ 师兄去后,留下耄耋老父、童年小儿和中年发妻,更有未付完的房屋银行贷款。

④ 李商隐《哭刘蕡》:"平生风义兼师友,不敢同君哭寝门。"

⑤ 指谢玄晖与李太白。

⑥ 李白《金陵城西楼月下吟》:"解道澄江净如练,令人长忆谢玄晖。"

⑦ 李白《宣州谢朓楼饯别校书叔云》:"弃我去者,昨日之日不可留;乱我心者,今日之日多烦忧。"

三子[①],高台空候已千秋。

2010年10月4日参观宣城梅文鼎纪念馆

一椽古屋访乡贤,嗟我迟来三百年[②]。数学天文时独步,孝和[③]牛顿未双全[④]。频频得意芸编后[⑤],默默交心塑像前。便是君王亦亲顾[⑥],平生所结是高缘。

访忠应庙[⑦]

诗文政治俱称雄,古庙[⑧]来看安石公。事迹于今陈室壁,国家原本在心胸[⑨]。微居郢县难知蛰,飞出钱湖已化龙。为告千年时俗者,观鱼切勿眼惺忪。

鹧鸪天·访奇奇田园文化村[⑩]

子骥[⑪]于今人洞扉,史家[⑫]旧迹访幽微。山前院落欣欣往,陌上花开缓缓归[⑬]。　　村女倩,鳜鱼肥[⑭]。行人驻足语依依。叩门闲

---

① 《论语·述而》:“子曰:‘二三子以我为隐乎?吾无隐乎尔。吾无行而不与二三子者,是丘也。’”

② 梅文鼎(1633—1721),字定九,号勿庵,宣城人。清初著名天文学家、数学家,为清代历算第一名家和开山之祖。

③ 关孝和(1642—1708),日本数学家。

④ 梅文鼎与关孝和和牛顿齐名,然后二者未兼数学与天文学。

⑤ 馆内陈列梅文鼎数学和天文学著作。

⑥ 梅文鼎有生之年即已知名,清代康熙皇帝巡视时曾登门拜访。

⑦ 时在2010年10月17日。

⑧ 庙在东钱湖畔。

⑨ 时王安石为鄞县县令。

⑩ 在东钱湖。

⑪ 刘子骥,事见陶渊明《桃花源记》。

⑫ 史浩旧家在此。

⑬ 吴越王后归宁欲返,钱镠致书云:“陌上花开,可缓缓归矣。”

⑭ 张志和《渔歌子》:“西塞山前白鹭飞,桃花流水鳜鱼肥。”

趁三分月[1]，细雨斜风好采薇[2]。

西江月·敬和业师周流溪先生《元旦晨起微雨》

着迹西川鸿爪，挥毫上苑词风。雨丝抚草润残冬，一曲心弦轻弄。　北访歌嘲天谪[3]，南看髀肉人龙[4]。过桥梅瘦[5]远山重，付与诗怀吟送！

附周流溪先生原作

元旦晨起微雨　调寄西江月[6]

满院青青乔木，临街阵阵凉风。阑珊之意漫言冬，微雨轻来调弄。　故锦城边作客，梦云乡里乘龙。新年白发几多重？花落花开迎送。

临江仙·忆敬一丹光临宁大"三做"系列讲座讲坛

2010年4月7日晚，宁波大学举办"做人做事做学问"系列讲座第116讲，敬一丹女士受邀光临讲坛。整个讲座，敬一丹女士"用事实说话"，讲解人生奋斗目标、校园以外世界及吾人社会责任。宁大师生亲见央视主持人风采，深为所动。"四月初七，正是去年今日。"虽一年去矣，当时盛况，犹难忘怀。

---

① 陆游《游山西村》："从今若许闲趁月，拄杖无时夜叩门。"徐凝《忆扬州》："天下三分明月夜，二分无奈是扬州。"

② 张志和《渔歌子》："青箬笠，绿蓑衣，斜风细雨不须归。"

③ 江油市李白纪念馆。

④ 刘备君臣三人祠。

⑤ 黄承彦《梅花》："骑驴过小桥，独叹梅花瘦。"

⑥ 时在2010年1月1日。

走下灵山临世界，观音①更复何求？广长舌②妙解民忧。杏坛花影③里，身现说来由④。　　欲逐慈航⑤无觅处，茫茫远水⑥悠悠。春风拂面忆从头。今宵犹往夕，明月正当楼。

和蔡晋之兄《辛卯梅雨回乡》⑦

青山隐隐水悠悠⑧，布谷声中衣锦游。交久翻无诗可和，名高渐觉画难求⑨。故人情重杯仍酌，新稿墨浓雨未收⑩。正是江南梅熟日，短箫吹彻几家楼⑪。

附：蔡晋之《辛卯梅雨回乡》

---

① 观音：观世音简称，此喻敬一丹。敬一丹在主持《焦点访谈》节目时，将收到的150封来信编成一本书，取名《声音》，目的是"传达出最底层人民的声音，不让它们消失"，可谓真心观察世间苦难之音。

② 广长舌：本指佛祖演说佛法长与宽可以覆面的超人之舌，此指央视主持人敬一丹口才。1993年起敬一丹连续三次被评为全国"十佳电视节目主持人"，荣获"金话筒奖"。1996年6月起担任《焦点访谈》《东方时空》总主持人，并主持了香港回归、澳门回归、迎接新世纪、建党80周年等一大批具有全国影响的大型直播节目。现为《东方时空》栏目总主持人，《焦点访谈》《感动中国2003》主持人。

③ 杏坛花影：讲座在宁大林杏琴会堂进行。因孔子在杏树下讲学之故，讲坛又称杏坛。敬一丹来宁大讲座时正值农历清明节后杏花盛开。另，讲坛上也摆放着一丛鲜花，故称。

④ 来由：讲座中敬一丹讲了三个故事，即年轻人和焦点访谈的故事、校门口的故事、第一次的故事，皆是校园外的人和事，说明做人做事的道理，内容平实，感情真挚，深刻动人。另，在回答学生提出的问题时，她还简述了自己成长的故事。

⑤ 慈航：本指大乘佛教慈悲为怀解脱众生的佛法，此喻敬一丹女士对人生方向的见解。她在讲座中说道，我们要知道我们在哪里，然后才能知道去哪里。在哪里是一个参照系的建立，而去哪里是方向感的把握。现在的人都很迷茫，迷茫是挂在嘴边的词，我们迷茫，所以我们不知道何去何从。我想迷茫是因为我们没有弄清楚我们在哪里，所以我们不知道我们要去哪里。不要整天思考我要去哪里，然后郁郁寡欢，然后心灰意冷，因为你根本还不知道你在哪里，你怎么又能知道自己是往左走还是往右走呢。

⑥ 远水：唐李冶《寄校书七兄》："远水浮仙棹，寒星伴使车。"此借指对敬一丹女士及其讲座已过一年的忆念。

⑦ 时在2010年6月20日。

⑧ 杜牧《寄扬州韩绰判官》："青山隐隐水迢迢，秋尽江南草未凋。"

⑨ 张船山《池南老屋图》："交久翻无诗可赠，人高渐觉画难求。"

⑩ 廖行之《鹧鸪天》："送了春归雨未收。雨肥梅子满枝头。心知办此和羹品，正为和羹国手谋。"

⑪ 皇甫松《梦江南》："闲梦江南梅熟日，夜船吹笛雨潇潇。人语驿边桥。"

雨过千山洗，秧鹚咕诉肠。儿时小射山，绿树浓荫长。

贺汪榕培先生七十华诞

2011年6月25日晚于大连大学创想宾馆参加汪榕培教授生日宴会，即席而赋。

九畹兰馨[①]闻迩遐，当今玄奘[②]笔生花。同行祝酒情何限，弟子添杯兴更嘉。中矩人生逢七秩[③]，名山事业号三家。传神达意[④]非常译[⑤]，学海逍遥泛汉槎[⑥]。

旅美诗草

余2011年12月2日赴美马萨诸塞大学波士顿分校进修，下午5点乘坐UA836航班从上海浦东国际机场起飞，当日4点余(美国时间)到芝加哥转机，夜10点多到波士顿，住昆士斯普鲁斯街11号。时间为半年。以下是赴美后生活和研习的感受，记成小诗，以为纪念。

卜　居[⑦]

卜居昆士市东南[⑧]，得见幽篁境自安[⑨]。万里遥身堪立命，几天摸熟里邻间。

---

① 屈原《离骚》:"余既滋兰之九畹兮，又树蕙之百亩。"

② 唐代佛经翻译大师。

③《论语·为政》:"七十而从心所欲不逾矩。"

④ 此为汪先生为典籍翻译所创立的理论。

⑤ 汪先生依据《老子》"道可道，非常道"，而提出译可译，非常译。

⑥ 书山有路勤为径，学海无涯苦作舟。汪先生曾英译《庄子》，在无边的英语学海里逍遥地泛着汉家的浮槎。

⑦ 时在2011年12月8日。

⑧ 2011年12月2日到达美国波士顿，住在北昆士斯普鲁斯街11号。

⑨ 在汉考街上有一家餐馆，小院里有一派幽篁令人欣喜。

波士顿唐人街上步行[①]

信步唐街日在天，华人海外觅渊源。能行大道无疆界，“天下为公”在眼前[②]。

波士顿草市书所见[③]

大摊小架一街前，瓜果时蔬货物鲜。虽似吾华时赶集[④]，却难还价对标签。

波士顿多尔切斯特海湾漫步[⑤]

鸥鹜亲人聚海湾[⑥]，沙滩漫步得悠闲。眼前一片新天地，万里深蓝对浅蓝[⑦]。

访南波士顿多尔切斯特高地托马斯公园[⑧]

垒外英军已杳然[⑨]，运筹方计缅先贤[⑩]。行人一上高台望，四野而今早换天。

---

① 时在2011年12月10日。

② 唐人街上孙中山先生所书“天下为公”的牌坊赫然醒目。

③ 时在2011年12月10日。

④ 草市每逢周五周六开市，价格便宜，颇似中国农贸市场。

⑤ 时在2011年12月12日。

⑥ 湾里海鸥和野鸭成群，或空中飞翔，或水中嬉戏，不避人群。

⑦ 杜甫《江畔独步寻花七绝句》：“桃花一簇开无主，可爱深红爱浅红。”

⑧ 时在2011年12月13日。

⑨ 1776年3月4日这里发生了击退英军的战斗，是美国独立战争史上重要的一仗。

⑩ 华盛顿将军在此连夜修筑了两个工事，并接受了民兵从别的要塞运来的大炮，决定了这场战争的胜利。

夜游哈佛广场[①]

火树银花不夜天，街道[②]广场[③]且流连。行人底事生豪兴，学府宵来一结缘。

昆市中心一瞥[④]

道路纵横一网开，川流车辆四方来。楼群[⑤]点缀中心地，南北东西住户街[⑥]。

己卯冬在新泽西阿尔灵顿山莱治伍德镇[⑦]

四围山色掩疏林[⑧]，芳草家家绿意深[⑨]。不是桃花源尽处，行人得路远能寻。

舍南舍北赏楼台，复见名车款款来。火树银花妆圣诞[⑩]，满天星斗共安排。

---

① 时在2011年12月14日。

② 这里光教堂就有两家，其中一家小教堂建于独立战争以前，算是波士顿的古迹了。

③ 说广场，这里其实只是个名称，很小的；市里大的开阔地现在要算是停车场了，这可算是美国现代工业文明的一大产物。

④ 时在2011年12月15日。

⑤ 主要是功能性建筑，如银行、教堂、商店、饭馆等，高楼也不过十层。

⑥ 美国的私人住房建筑风格基本一致，多数为两层，白色墙体，没有阳台，家家都有门廊。此外，不管有多长，住户区的道路都有街名，这也算是城市化的一种标志。

⑦ 2011年12月22日冬至日作。

⑧ 余同学吴玉玲家在此，乃一丘陵区域，四围森林密布，环境十分清幽。

⑨ 每户人家前后均种植绿草。

⑩ 时近圣诞，几乎所有人家均布置灯饰，各种设计，十分炫彩。

2011年12月26日晚新泽西聚丰园同学聚会即席而作，时吴玉玲、张贤林、Richard、许丽霞、John、David、董启明、徐微、徐彩萍、夏秀丽、Nancy、刘晓曦、敖天在座，吴玉玲夫妇做东，董启明买酒

相逢已换另边天①，不是同窗也是缘。干脆今宵拼一醉，人生再聚待何年？

2011年年终波士顿望月有怀

远人抬望眼，缺月挂寒天②。入夜星犹隐，蛾眉独可怜③。时差天地异，未得共婵娟④。习习长风至，沉沉广宇偏。已分鸾鹤影，飞镜照谁前⑤？知是二分好⑥，必劳心悄焉⑦。清辉应渐满，还寝更无眠⑧。遥续青莲迹，长吟苏子篇。周星换新律，今夕是何年？

鹊桥仙·谢亮伟兄远遗红梅

余号竹云轩主人，以竹自况，今暂寄身海外。腊月寒天，恰逢公历新年，亮伟兄电邮梅枝，点之，红颜即笑，甚喜。瑶人有《鹊桥仙·种红梅一株于竹下，赋此》，今转其意而用之。

萧萧碧韵，悠悠劲意，各在寒空雾锁。定盦词里一相逢，互道是霞衣雪裹。　娉婷疏影，欹斜枝干，一点名香一朵⑨。从今翠袖不孤清，已有个红妆伴我。

---

① 早年同学均在中国相逢。
② 苏轼《卜算子》："缺月挂疏桐，漏断人初静。谁见幽人独往来？缥缈孤鸿影。"
③ 沈祖棻《浣溪沙》："向晚东风拂面温，天涯旧月映眉颦，谁家玉笛怨黄昏。"
④ 苏轼《水调歌头》："但愿人长久，千里共婵娟。"
⑤ 李白《渡荆门送别》："月下飞天镜，云生结海楼。"
⑥ 徐凝《忆扬州》："天下三分明月夜，二分无奈是扬州。"
⑦ 《诗经·国风·陈风·月出》："月出皎兮，佼人僚兮。舒窈纠兮。劳心悄兮。"
⑧ 苏轼《水调歌头》："转朱阁，低绮户，照无眠。"
⑨ 此梅乃电子设计，在枝上点击鼠标，即开出梅朵。

恩师周流溪先生六十六华诞，不得亲往而贺，诗以代之

表里精粗一应全[1]，濂溪[2]道统尚依然。心明广宇知天步，耳顺[3]尘间见德缘。桃李艳秾开蔗境，鸡虫得失[4]付云烟。滂沱妙句[5]挥词笔，万里题诗献寿筵。

过纽约大乘寺[6]

世界三千觉有情，伽蓝隐此意非轻。镜台扰扰清尘垢，市井营营待众生。携手耶稣同救赎，发心本愿共修行。无边佛法慈航远，更向西洋立大乘。

波士顿踏雪[7]

出门即银海，飞絮[8]扑人怀。指点古城影，隐约认楼台。白毯千里展，梨花万树开[9]。淡墨涂天宇，清流界地陔。苍鹰时迹杳，白犬暂身肥[10]。高处琼瑶集[11]，平阛糯面埋。坳垤审夷险，飘摇兆盛

---

① 周先生学问深广。
② 周敦颐，号濂溪。
③ 《论语·为政》："六十而耳顺。"
④ 杜甫《缚鸡行》："鸡虫得失无了时，注目寒江倚山阁。"
⑤ 郑板桥《贺寿诗》："奈何奈何可奈何，奈何今日雨滂沱。滂沱雨祝李公寿，寿比滂沱雨更多。"
⑥ 作于2012年1月21日。
⑦ 作于2012年1月21日。
⑧ 苏轼《少年游》："去年相送，余杭门外，飞雪似杨花。"
⑨ 岑参《白雪歌送武判官归京》："忽如一夜春风来，千树万树梨花开。"
⑩ 张打油《咏雪》："江山一笼统，井口一窟窿，黄狗身上白，白狗身上肿。"
⑪ 辛弃疾《鹧鸪天·黄沙道中》："乱鸦毕竟无才思，时把琼瑶蹴下来。"

衰。实忘程门冷①，犹怜谢女才②。寄身他国寂，故交音信乖。联句无人至③，寻诗客独来。踏雪波士顿，探我意中梅。

菩萨蛮·题赠妻所寄校园幽姿梅及泮池照片

泮池春水风吹皱④，蜡梅和汝新来瘦。双影映波长，浮空弥旧香。　幽姿初见处，沉醉忘归路⑤。回首月西斜，相携共看花。

玉箫吹彻梅花弄，林家⑥消息随风送。域外不堪听，题笺动别情。　故乡和梦杳，环佩何缥缈。永夜月同孤⑦，清辉照客居。

鹧鸪天·域外早春⑧

几处春从地上归⑨，一丛新绿破荒泥。草坪山下芳弥远⑩，野菜坡前叶渐肥。　经巷陌，跨东西，诗家清景在深微⑪。已从梅外知消息，岂待东风缓缓吹！

波士顿黄水仙⑫

着罢红衫伴落霞，又陪明月换轻纱。水仙过处留香影，笑倚春

---

① 《宋史·杨时传》："熙宁九年，(杨时)中进士第。时河南程颢与弟颐讲孔、孟绝学于熙、丰之际，河、洛之士翕然师之。时调官不赴，以师礼见颢于颍昌，相得甚欢。其归也，颢目送之曰：吾道南矣。四年而颢死，时闻之，设位哭寝门，而以书赴告同学者。至是，又见程颐于洛，时年盖四十矣。一日见颐，颐偶瞑坐，时与游酢侍立不去，颐既觉，则门外雪深一尺矣。"

② 晋名将谢安，寒雪日内集，与儿女讲论文义。俄而雪骤，公欣然曰："白雪纷纷何所似？"兄子胡儿曰："撒盐空中差可拟。"兄女曰："未若柳絮因风起。"公大笑乐。

③ 红楼梦第五十回有芦雪庵即景联句。

④ 冯延巳《谒金门》："风乍起，吹皱一池春水。"

⑤ 李清照《如梦令》："常记溪亭日暮，沉醉不知归路。"

⑥ 林逋之家。

⑦ 杜甫《江汉》："片云天共远，永夜月同孤。"

⑧ 作于2012年2月26日。

⑨ 李白《宫中行乐词》："寒雪梅中尽，春风柳上归。"

⑩ 韩愈《早春》："天街小雨润如酥，草色遥看近却无。"

⑪ 杨巨源《城东早春》："诗家清景在新春，绿柳才黄半未匀。"

⑫ 作于2012年3月21日。

风化作花。

春　天①

东君近日作游巡，银汉扬帆泛锦云。百万天香挥彩袖，途经草木偶留痕。

漫天欢笑籍风闻，学煞枝头百鸟群。万种仙姿谁得见，只凭花韵想其神。

集清人句赠文安兄

张文安，历史学博士后，陕西师范大学教师，与余同在波士顿进修。

每嗟相见太匆匆（朱彝尊），身似孤云无定踪（释敬安）。从此与谁谈古处（龚定盦），石床对语羁愁空（吴伟业）。

再集清人句赠文安兄

出世情多鬓未华（张船山），年来强半在天涯（纳兰性德）。接罗倒着容君傲（敦诚），心史纵横自一家（龚定盦）。

集清人句咏波士顿春光

诸天花雨隔红尘（苏曼殊），梦见城西阆苑春（龚定盦）。自写新词怜蛱蝶（陈文述），临风递与缟衣人（龚定盦）。

春来心事等飞鸥（小湘公子），为爱花荫懒上楼（苏曼殊）。大块文章与诗境（余坤），斜阳红映碧波流（小湘公子）。

十日樱花作意开（苏曼殊），花前小立影徘徊（屈翁山）。人生快意有如此（邵懿辰），万卷书生飒爽来（龚定盦）。

论花亦足称花雄（朱腰），花发春江望眼空（吴伟业）。但喜二

① 作于2012年3月24日。

分春色到（苏曼殊），一庭花雾香蒙蒙（陈文述）。

朝作轻云暮作阴（屈翁山），一春闲对牡丹吟（梁佩兰）。天人妆束天然好（张船山），此是刘郎迟暮心（龚定盦）。

紫藤架底读书人（姚鼐），落日沧波远岛滨（苏曼殊）。诗思一帆海空阔（秋瑾），云英化水景光新（龚定盦）。

玲珑万玉嫭交加（龚定盦），湿透春裘倚此花（龚定盦）。记得花阴文谶屡（龚定盦），丽情还比牡丹奢（龚定盦）。

不堪鸟语听关关（张穆），晚卧沧江作散仙（王绮思）。满树桃花人不见（小湘公子），一瓯茶熟正高眠（王绮思）。

暮春三月吹香风（朱雘），醉倒花香鸟语中（无名氏）。料得今宵明月下（陈疋吾），白鸥乡作主人翁（汪元方）。

小楼春尽雨丝丝（苏曼殊），妙喻庄生恋一枝（王绮思）。乡土不同时物换（唐竹庄），白云红树最相思（宫保）。

赏波士顿西府海棠[①]

满树红云拂异香，仲春花事又开场。瑶台盛会群仙至，远道欢迎众蝶忙。白日喧喧频笑语，良宵细细复商量[②]。诗家梦到天人际，一笔长抒意万行。

波士顿春感

镇日香风扑客怀，绿红相映上衣来[③]。人家十九栽花树，户外窗前次第开。

波士顿仲春出游

多谢春风细剪裁[④]，万花争艳一时开。化身千亿心难足[⑤]，带笑

① 作于2012年4月16日。
② 杜甫《江畔独步寻花七绝句》："繁枝容易纷纷落，嫩蕊商量细细开。"
③ 于良史《春山夜月》："掬水月在手，弄花香满衣。"
④ 贺知章《咏柳》："不知细叶谁裁出，二月春风似剪刀。"
⑤ 陆游《梅花绝句》："何方可化身千亿，一树梅前一放翁。"

寻常冠易歪①。他意依稀消绛海，此身仿佛到瑶台。巡游我起君王驾，彩袖宜修浩荡来。

访莱克星顿康桥②

卥载康桥一虹横，鸟喧已换旧枪声③。游人莫问当年事，国史都教血写成。

入海沧流卷细波，至今犹诵哲人歌④。自由花好谁浇灌，偏是丹心英烈多⑤。

缅怀英烈访春风，又到人间四月中。枝上杜鹃桥上血，一般鲜艳一般红⑥。

一样康桥两样情，英为恋爱美捐生。轻轻我亦挥衣袖，作别云霞举义旗⑦。

① 杜甫《九日蓝田崔氏庄》："羞将短发还吹帽，笑倩旁人为正冠。"

② 作于2012年4月23日。

③ "莱克星顿的枪声"亦称美国独立战争的开始。1775年4月19日，美国独立战争在莱克星顿打响第一枪。这场战争从1775年至1783年，持续8年之久，最终以英国在北美殖民统治的破产和北美殖民地的独立而告终。

④ 美国哲学家艾默生曾在此创作过《康桥圣歌》。

⑤ 1775年4月18日晚，天空漆黑一片，两匹快马从波士顿向康科德方向急驰而去。马背上的两个人，一个叫保尔·瑞维尔，一个叫威廉·戴维斯，他俩都是北美争取民族解放的秘密组织"自由之子社"的民兵战士。他们在波士顿打探到总督兼英国驻军总司令盖奇即将派军队到康科德搜查反英秘密组织的军火仓库，并要逮捕爱国者领导人，于是连夜骑马向各地的民兵报警。他们很快来到近郊的莱克星顿村，把英国军队就要来搜查的消息告诉当地的民兵们，然后又飞身上马直奔康科德。民兵们得到消息后，很快集合起来，埋伏在树林里、公路旁，等候英军的到来。

⑥ 1775年4月19日清晨，天刚蒙蒙亮，800名穿着赭红色军装的英国轻步兵，在少校指挥官史密斯的带领下，乘着薄雾，偷偷地来到莱克星顿村边。他们正要摸进村子，忽然发现村前的草坪上列队站着几十个村民。这些人个个手握着枪，怒视着英国人，双方僵持了一段时间，不知道是谁开了第一枪，英军少校指挥官史密斯挥动军刀命令英军士兵开火，美国独立战争的序幕被拉开，在激战中有8位民兵战士献出了自己的生命。

⑦ 徐志摩《再别康桥》："轻轻地我走了，正如我轻轻地来；我轻轻地招手，作别西天的云彩。"

丁香二首

雨后晴明翠扫空①,晓妆初了约春风②。丁香巧笑开颜色,粉脸含羞白转红。

三分春色二分辞,剩有一分移碧枝③。我解丁香惆怅意,美人迟暮不多时。

与徐改平博士网上论甘肃文人④

煮酒无缘兴却浓,清宵网上论英雄。我如玄德称流俗,君⑤似阿瞒眼底空。

浣溪沙·春游

四月春风出染坊,树头生意已开张。无边锦缎晾晴光⑥。

非我迷花终日醉,非谁泼酒⑦满天香,游踪倦处兴犹狂。

浣溪沙·与文安兄同游 Arnold Arboretum 植物园⑧

大好城南一角丘⑨,杜鹃如火复如绸。客中难得此园游。

快鸟声声评景色,狂生口口说春秋。四厢花影亶悠悠⑩。

---

① 苏轼《秀州报本禅院乡僧文长老方丈》:“每逢蜀叟谈终日,便觉峨眉翠扫空。”

② 李煜《木兰花》:“晚妆初了明肌雪,春殿嫔娥鱼贯列。”

③ 赵师秀《池工》:“一树木犀供夜雨,清香移在菊花枝。”

④ 作于 2012 年 4 月 26 日。

⑤ 徐改平博士研究中国文学,富有才华,眼界甚高,为陕西师范大学教师,与余同在波士顿进修。

⑥ 万树花争发,色彩如锦缎,仿佛晾晒在梢头的彩衣。

⑦ 花香如酒。

⑧ 作于 2012 年 4 月 29 日。

⑨ 俞樾《嘉平二十日移居经史巷》:“一椽聊借诗人屋,大好城南独学庐。”Arnold Arboretum 植物园,在波士顿城外。

⑩ 龚自珍《梦中作四截句》:“叱起海红帘底月,四厢花影怒于潮。”

十六字令·山

山，溪壑峥嵘峭壁悬。临绝顶①，伸手触星团②。
山，玉石幽藏鸟兽繁。收壤土③，万物化其间。
山，万里长龙亙蜿蜒。谁家物④？终古卧云端。
山，浩荡天风拂玉莲。清梦影，一棹自悠然。
山，雾绕观音大士鬟。青秀处，世界阅三千⑤。
山，一片晶莹世外缘。银河畔，信步遇天仙。

水龙吟·宁波诗社重阳雅集

政协宁波诗社2012年10月22日于四明山五龙潭重阳雅集，耆宿新秀，一时之盛，词以志之。

群贤又会溪山，兰亭自此非孤例。重阳时节，骋怀游目⑥，黄花天气。古祭台前，壁泉潭影，五龙飞起。竞振衣登揽，瑶峰尽至，挥洒处，抒胸臆。　眼底风尘一洗，剩苍烟、远横天际。清源利泽，碧流长溉，金秋万里。犹辨依稀，宋封遗迹⑦，尚饶余意。制人间画境，词家弄笔，汇吟篇里。

点绛唇·再访天宫

十八大代表、中国载人航天工程副总指挥、总装备部副部长牛红光中将11月10日接受专访云，神舟十号飞船计划于2013年6月上旬再访天宫一号。

破雾穿云，中华又上重霄九⑧。漫游牛斗，日月身边走。

---

① 杜甫《望岳》："会当凌绝顶，一览众山小。"
② 李白《夜宿山寺》："危楼高百尺，手可摘星辰。"
③ 李斯《谏逐客书》："泰山不拒细壤，故能成其高；江海不择细流，故能就其深。"
④ 成都望江楼长联句："问、问、问，这半江月，谁家之物？"
⑤ 阅三千大千世界。
⑥ 王羲之《兰亭集序》："仰观宇宙之大，俯察品类之盛，所以游目骋怀，足以极视听之娱，信可乐也。"
⑦ 历史上，宋理宗和元惠宗都曾颁旨敕封五井龙神为侯。
⑧ 毛泽东《蝶恋花·答李淑一》："杨柳轻扬，直上重霄九。"

碧海人寰，往返探亲友。槎来后，钧天乐奏，舞起嫦娥袖[1]。

水龙吟·经镇海中学泮池，吊裕谦

镇海中学泮池畔立碑书曰“裕谦殉难处”。2012 年 7 月 16 日，余授课经此，因吊焉。

悠悠泮水依然，斯人已逝逾多载。当年烽火，英船开炮，侵吾疆界[2]。大敌当前，舍身厮杀，乱尸横塞。恨军中败类，贪生弃垒[3]，销抗志，孤臣慨。　报国忠心不改，叹时衰、战机难再。清池一赴，独留名节，钦差无奈[4]。残照殷红，英雄长啸，应声江海。自刀兵过后，寒涛碧血，至今澎湃。

沁园春

壬辰夏徐亮兄以其尊翁书画集相赠，十分欣悦。闲中品赏，每每忘情，因填此阙以报。

逸少[5]流觞[6]，释子[7]临池，天机笔锋。看鲲翻墨海，鹏图南去，纵横郁律，气象如虹。远揽飞云，醉呼奔电，整个乾坤一洗中。豪兴至，借山河暂显，二月春踪。　窗前明月清风，展新卷、如听万壑松。对星辰降瑞，惊潜动蛰，崩腾偃蹇，豁我襟胸。欲续残诗，恧难名状，满纸联翩体势雄。觑神物，怕群龙跃起，作雨刓空。

---

① 毛泽东《蝶恋花·答李淑一》：“寂寞嫦娥舒广袖，万里长空且为忠魂舞。”

② 第一次鸦片战争时，裕谦任钦差大臣、两江总督，往镇海督战。英军登招宝山，又分兵攻金鸡岭，谢朝恩中炮而亡，两山同陷。

③ 余步云不战而退，镇海守兵望风而溃。

④ 裕谦战败后投泮池，昏愈不省人事。及后移送余姚，卒于途中。

⑤ 王羲之，字逸少。

⑥ 流觞曲水。

⑦ 怀素。

竹云轩水精镇纸歌，用苏子瞻《石鼓歌》韵

我生壬寅[1]妻辛丑[2]，卅载杏坛参鲁叟[3]。山房四面皆图书，雄文列阵势欲走。夜夜指观情入心，朝朝品读饴在口。深恐众字化龙去，倩一水精镇其后！君道此宝为何物？能说一二遗八九。内置启功山水图[4]，远势遥及江边柳。笔意纵横壮思飞[5]，包含宇内连星斗。兴来运之指掌间，有时翻覆随胝肘。鲛泪所化识晶莹，忍使蒙尘落稂莠？早晚揩拭日摩挲，一片冰心与之友[6]。日月菁华集于斯，蕴我诗怀同瀫毂。道成[7]初以铁为镇，后刻蟾蜍文蝌蚪。张镃[8]之蕃[9]诗赞誉，无分年少与耆耇。墨前挥毫阵云飞，蹲虎蹲螭随指嗾。赋罢洛阳纸价贵，案边摆设胜圭卣。偶尔敲击出磬音，宫商细辨烦蒙瞍。疑为大禹治水遗，欲证残碑考岣嵝[10]。助我文思慰孤独，长年默默犹忠厚。文章未录深宵伴，怡然不计书谁某。依旧一身压万字，得失于我亦何有？校准新笺遵尺度，裁除冗余作鞭杻。半亩方塘如许清[11]，未觉白云幻苍狗。临风快意览无余，似此人生前无偶。独立苍茫知何世？心仪此物甘俯首。体方躯直肝胆明，更无私隐从君剖。上下左右需要时，着处安排着处取。乍视幽姿若无质，洁身誓不污尘垢。岁月已老貌犹新，宠辱均未易操守。一片修篁驻青春，风梢月影清不朽。更谁持此安身命，两两堪与天地寿？

---

① 1962年。
② 1961年。
③ 自1983年从教至今已30年矣。
④ 镇纸中间是一幅启功先生的山水图卷，为余在北京师范大学读博纪念之物。
⑤ 李白《宣州谢朓楼饯别校书叔云》："俱怀逸兴壮思飞，欲上青天揽明月。"
⑥ 王昌龄《芙蓉楼送辛渐》："洛阳亲友如相问，一片冰心在玉壶。"
⑦ 萧道成。
⑧ 南宋诗人。
⑨ 朱之蕃，明代书画家。
⑩ 传为大禹治水后所留之碑。
⑪ 朱熹《观书有感》："半亩方塘一鉴开，天光云影共徘徊。问渠哪得清如许，为有源头活水来。"

2013年元旦试笔

当窗梅显韵，覆野雪播霖。岁换龙蛇宿，律回天地心。旧年承斗转，新日接宵深①。兴发因时易，开元第一吟。

金缕曲②

徐亮兄以其令尊书画集相赠，填《沁园春》以报，并托转达，未料此集竟为绝响。感慨之余，因成此阕。

谁把英灵唤，再挥毫、行真隶草，涛笺素练？笔阵③纵横河汉杳，云墨长空舒卷。新到任，玉皇香案，更置琅嬛书几许？蘸瑶池，写出三千卷！天宇廓，万龙现。　稽康一曲广陵散④。漫相寻，旧家溪水，桃花落岸。解道幽人高艺绝，欲逐遥踪已远。路缥缈，独飞孤雁。片羽人间留想象。恨差池，未了今生愿。瞻手迹，当相见。

读陈洪勋社长新诗，感赋

我成员半千，诗咏自飘然⑤。喜雪生童趣，阅蛇期舜年⑥。辞新如靖节，气正逼青莲。得意忘宵永，惜兹酬唱缘。

浣溪沙·谢毛燕萍社长惠赠书法作品选集

健笔凌云⑦四海行，妙书众体趣纷呈。沧流自在一舟轻⑧。

扇幅笺帧开简劲，真行隶草得疏清。诗中托迹画中馨。

---

① 王湾《次北固山下》："海日生残夜，江春入旧年。"

② 作于2013年1月3日。

③ 卫夫人有《笔阵图》。

④ 《广陵散》，嵇康临终所奏之曲，后世以为绝响。

⑤ 杜甫《春日忆李白》："白也诗无敌，飘然思不群。"

⑥ 陈社长有《喜雪》《阅蛇》诸作。

⑦ 杜甫《戏为六绝句》："庾信文章老更成，凌云健笔意纵横。"

⑧ 朱熹《观书有感》："昨夜江边春水生，艨艟巨舰一毛轻。向来枉费推移力，此日中流自在行。"

浣溪沙·闲中探梅，见一片花飞，携回书斋

环佩飘零坠绿珠①，飞身救起到诗庐，淡霞明雪映清癯②。一袭轻裘香满室，数篇新咏韵盈书。竹云轩里不栖孤。

浣溪沙

壬辰腊月初三（2013 年 1 月 22 日），宁波诗社理事会会议散后，经中山公园，遇硕大蜡梅两丛，浮动香云一片，忘情而作。

月地云阶入洞天，阮郎一霎便成仙，美人如梦复如烟③！不是青丘④诗境绝，都因处士⑤眷情偏。孤怀邂逅在春前。

宁波大学梅谱补记

余曾作《宁波大学梅谱》，时在庚戌年，同好视而奇焉。癸巳新春，得闲再寻校园，梅境有变，因补作之，以记新感。

旧时作梅谱，期年后情境有变，旧谱已不确矣。宁大植梅实七株，其中红梅一株，最新发现，蜡梅六株，已见旧录。然有一株蜡梅伤于斤斧，只余六株，然亦有境况不佳者。

蜡梅二株，立于校园北大门奠基厅东侧，引进时地未详，枝倾，掩于群木荫中。余于甲申年冬探访相识，名之幽姿梅。今重见之，广玉兰枝叶覆其大部，唯余些许边枝得见天日。诗叹曰：砌下幽姿更隐然，数花旁出对青天。清香自守当年意，一任他枝笼翠烟。

蜡梅一株，立于校园黄陈月莉楼北侧，引进时地未详，枝繁，旁有池水相映。余于乙酉年冬探访相识，名之临妆梅。今复见之，低处横枝尽皆斫去，唯余残妆。诗叹曰：烟霞水面理残妆，故友依然

---

① 龚自珍《人月圆》："绿珠不爱珊瑚树，情愿故侯家。青门何有？几堆竹素，二顷梅花。"

② 韦庄《浣溪沙》："暗想玉容何所似？一枝春雪冻梅花，满身香雾簇朝霞。"

③ 龚自珍《减字木兰花》："人天无据，被侬留得香魂住。如梦如烟，枝上花开又十年。"

④ 高启，号青丘子，其《梅花》诗有句云："雪满山中高士卧，月明林下美人来。"

⑤ 林逋。

识旧香。早晚风刀霜剑里，余姿映雪见高亢。

红梅一株，立于校园建工学院附楼北侧，引进时地未详，枝干颀直，以灌木为伴。余于癸巳正月初二见之，芬芳馥郁，粉妆静待，甚惊，惜十余年来竟是首见，嗟余眼何其拙也。惊余，意欲友之，因名之为倚翠梅。诗叹曰：二友因缘十载违，红妆静待旧时衣。修篁不再凄清了，日暮相逢倚翠梅。

蜡梅二株，立于文萃新村二号楼西侧，引进时地未详，枝秀，与桂树三株、含笑三株相伴。余于庚寅年春探访相识，名之高风梅。今复见之，高枝渐至人家书窗矣。诗叹曰：一枝香影上书窗，缓缓清风共月光。环佩叮咚闻旧响，青丘妙句入新章。

蜡梅一株，立于文萃新村十五号楼南侧，引进时地未详，枝斜，在竹畔篱边。余于己丑年夏探访相识，名之逸仙梅。今复见之，伤于斤斧，唯余残桩而已。诗叹曰：逋妇魂消处士伤，林家院外意茫茫。即今何处寻香冢，唯见丛芜一短桩。

夜访浔阳楼[①]

名楼远影立烟波，指点前朝事不讹。白陆周陶韩韦李[②]，水灯云市舰琴歌[③]。最怜壁上狂诗句[④]，大破人间世网罗。登览方知天即地，满江星斗供吟哦。

游东林寺[⑤]

香炉耸处散云烟，梵宇清幽西麓前。一片经声临净土[⑥]，六朝

---

① 时在2013年3月22日。

② 白居易、陆逊、周瑜、陶渊明、韩愈、韦应物、李白。

③ 江水、船灯、江云、九江市、甘棠湖东吴水军之舰、陶渊明无弦琴、琵琶行。

④ 宋江在浔阳楼题反诗。

⑤ 时在2013年3月23日。

⑥ 东林寺为净土宗祖庭。

僧迹访林泉[①]。沙门[②]道洽称标格[③]，般若台[④]高拜觉贤[⑤]。回望莲华怀慧远，虎溪已过[⑥]尚流连。

癸巳年暮春拟访白鹿洞书院未果

一从白鹿洞规[⑦]传，文脉[⑧]相延七百年。五老云峰尊日下[⑨]，双株古桂[⑩]荫祠前。彬彬儒士兴家国，济济人才出圣贤。漱石[⑪]空山怀想处，乾坤妙理授林泉。

癸巳年三月廿四日自东林大峡谷直上，夜宿牯岭镇，次日游之

谢屐[⑫]过处觉身轻，已在天街云汉行[⑬]。四面星光依北斗，万家灯火瞰江城。美庐心惬琅嬛[⑭]雅，花径春迟琴浦[⑮]清。只恐高吟诗句出[⑯]，下传人世作雷鸣。

---

① 钱起《江行无题一百首》："咫尺愁风雨，匡庐不可登。只疑云雾窟，犹有六朝僧。"

② 梵文 sramana。

③ 慧远《沙门不敬王者论》，确立了出家人超越世俗心身自有之品格。

④ 亦称译经台，般若，梵文音译，智慧之义。

⑤ 梵文名 Buddhadabra，佛陀跋陀罗，乃慧远自长安请入东晋译经之大师，已有《华严经》；觉贤涅槃后，佛塔立于东林寺旁。

⑥ 慧远尝送客不过虎溪。

⑦ 为朱熹所立。

⑧ 朱子之理学。

⑨ 王勃《滕王阁序》："望长安于日下，指吴会于云间。"

⑩ 为朱熹手植。

⑪ 在白鹿洞书院旁。

⑫ 李白《梦游天姥吟留别》："脚著谢公屐，身登青云梯。"

⑬ 李白《月下独酌》："永结无情游，相期邈云汉。"

⑭ 庐山图书馆在美庐旁。

⑮ 琴湖之浦。

⑯ 李白《题峰顶寺》："不敢高声语，恐惊天上人。"

登滕王阁[①]

愧卢[②]千载踵芳华，一阵风临帝子家[③]。勃绪[④]文章延日月，玉鸾歌舞散云霞[⑤]。乾坤槛外随流转，翰墨胸中自竖斜。独对苍茫倚高阁[⑥]，四帘闲旷卷轻纱。

拜谒崇明广福寺[⑦]

欲宿招提足促行，萍踪偶尔过崇明[⑧]。广开佛土三千界，漫说长江第一庭[⑨]。境到空无尘愿了，法归不二道心成。咸丰[⑩]香火今犹旺，回首依依闻诵经。

丽水之行诗草

2013 年 7 月 25 至 28 日，外语学院分工会组织丽水游，参观遂昌金矿、遂昌县城、南尖岩、神龙谷和缙云仙都，所见记以小诗。

遂昌金矿

不问桃源问水源，一车行到万峰巅。洞中初见明朝窟，世外还惊唐代烟[⑪]。夜坐亭前观水母[⑫]，银坑坝上结仙缘。漫看龙舞沧波

---

① 时在 2013 年 3 月 25 日。

② 《旧唐书·杨炯传》："吾愧在卢前，耻居王后。"

③ 唐寅《自题〈落霞孤鹜图〉》："画栋朱帘烟水中，落霞孤鹜渺无踪。千年想见王南海，曾借龙王一阵风。"

④ 王勃、王绪。

⑤ 王勃《滕王阁诗》："滕王高阁临江渚，佩玉鸣鸾罢歌舞。"

⑥ 杜甫《缚鸡行》："鸡虫得失无了时，注目寒江倚山阁。"

⑦ 作于 2013 年 7 月 7 日。

⑧ 崇明岛。

⑨ 广福寺被称为长江第一寺。

⑩ 广福寺建于咸丰年间。

⑪ 唐代烟，指唐代金窟，唐人采用了世界最先进的烧爆技术，金窟里烟迹犹存。

⑫ 夜坐亭，银坑水库边景物，传文天祥抗元避难时居此，并作《夜坐》《夜起》诗。水母指银坑水库所养桃花水母，此动物用以测试金矿周边的生态环境。

里，四处轻云挂碧天。

遂昌县城

四围山色一城霞，万朵飞云百色花。胜地欣尝长寿笋①，名坊喜品遂昌茶。高楼献目诸街景，广场舒心大氧吧。昔日汤公②今朗月，牡丹名剧丽情奢。

南尖岩

四野风光一洞天，南尖岩畔十分妍。梯田逐级连云路，竹海栖霞接瑞烟。九叠飞泉银汉水，三茎瑶嶂③玉池莲。畲乡世外通来往，难怪游人都是仙。

神龙谷

大好溪山赋胜形，游人赏景似门庭。一潭鱼乐沿桥看，百树禽声拾级听。粟裕④扬名根据地，义仍⑤惊世牡丹亭。神龙谷里兼文武⑥，仿佛栖云草木灵。

缙云仙都

一望绝佳山水殊，缙云⑦原本是仙都。轩辕殿上祠黄帝，石笋峰前议鼎湖⑧。灵运赋文⑨犹宛转，阳冰篆迹⑩未模糊。括苍胜处

---

① 遂昌名产。
② 汤显祖。
③ 天柱峰左右又有二峰。
④ 粟裕曾以遂昌为根据地发展红军力量。
⑤ 汤显祖，字义仍。
⑥ 神龙谷里以此古今文武二人之事迹立了多处景点。
⑦ 据有关考证，缙云乃黄帝所封南方官名。
⑧ 鼎湖之名与黄帝有关，鼎湖峰原名石笋峰。
⑨ 缙云诸景，谢灵运曾有赋文。
⑩ 此地留有唐代篆书名家李阳冰之墨迹。

难胜数，最爱朱潭[1]旧泽濡。

癸巳年六月廿八日夤夜，左上后一颗板牙脱落，赋此

人到中年已，离身一龋齿。犹如太湖石，可怜无完体。凄然两相向，捧在手心里。恍惚生感触，心惊何可比？牙缺思鼓腮，不敢张大嘴。迟知退密心[2]，早觉昌黎耻[3]。余牙应护惜，晨夕常清洗。此牙已物化，从今成异己。原本白如玉，谁期一蛀毁。怪洞穿坚质，大孔通到底。炎凉忠实伴，长年频驱使。天天共呼吸，夜夜同行止。默然帮吟诗，殷勤助嚼米。悠悠天地间，人生是谁给？父母应不知，万物因缘起。命运常随化，超然视生理。生前本无物，死后成新鬼。忽有吾人身，双亲为开启。身体盍长大？吸收食膏旨。天地动不居，昨我成今你。牙齿为何物，初生本无此。六岁换一遭，当时已重始。今夜新周期，天机应有以。见龙已在田，亢龙自有悔[4]。断灭我人相，成住坏空几[5]？无得亦无失，何分生与死？只当是初生，权作成年礼。

河南南阳之行诗草

2013年8月16至20日，余因参加中国屈原学会第十五届年会而赴南阳。会后文化考察及空闲游老界岭，得诗多首。

游南阳武侯祠[6]

寻常一冈陇，远客仰高踪。闾里寻梁父[7]，茅庐拜卧龙。思牵

① 朱潭山，传朱熹曾在此讲学。
② 周退密先生有《落齿》诗，言其年老时脱齿之感受。
③ 韩愈亦有《落齿》诗，言早衰落齿之感受。
④ 《周易》乾卦系辞。
⑤ 佛家语。
⑥ 祠在南阳市边。
⑦ 诸葛亮好为《梁父吟》。杜甫《登楼》："可怜后主还祠庙，日暮聊为梁父吟。"

千百载，愁倚两三松[1]。尽瘁忠心赤，瘦梅香尚浓[2]。

参观南阳汉画像石博物馆

眼前宫阙攒[3]，石画得亲观。列骑千车走，阿瞿百戏看[4]。雍容宛[5]乐舞，尔雅汉衣冠。永驻天人影[6]，恢宏典不刊。

参观内乡县衙

古治在何方？县衙访内乡[7]。遗山[8]遗迹在，章令[9]令名扬。勤政观千牍，奉公称六房[10]。官员亦百姓[11]，此意固应倡。

参观西峡恐龙蛋化石博物馆

不知西峡县，往古恐龙窝。世外行踪尽，地中蛋卵多[12]。手雷堆作垒，蛏壳聚成罗[13]。遗迹万年在，沧桑逐逝波。

拜谒屈夫子祠

为逐灵均德，来参屈子祠[14]。壁间多古画，龛上一荷衣。此地

---

① 李白《访戴天山道士不遇》："无人知所去，愁倚两三松。"

② 黄承彦《梅花》："骑驴过小桥，独叹梅花瘦。"

③ 南阳汉画像石博物馆为国家一级博物馆，设计仿汉代宫阙形制。

④ 以上二句皆画像石之名画。

⑤ 南阳简称。

⑥ 画像石画风和刻石风格粗犷有神韵，所刻画内容之广泛，令人叹为观止。

⑦ 河南省内乡县衙为国内保存最完好之县衙。

⑧ 元好问。

⑨ 张炳焘，浙江绍兴人，是清代内乡任期最长之县令，在任期间，扩修了内乡县治。

⑩ 与六部相对应的六个县级职能机构。

⑪ 内乡县衙有诸多名联谈为官之道，其中传诵最广者为："得一官不荣，失一官不辱，勿说一官无用，地方全靠一官；吃百姓之饭，穿百姓之衣，莫道百姓可欺，自己也是百姓。"

⑫ 西峡恐龙蛋多在地层之下。

⑬ 以上二句均为著名的恐龙蛋化石形状。

⑭ 屈子祠在西峡县屈原岗上。

分秦楚，迷途谏返归①。疏臣不渝志，千载我心仪。

参观宛西制药厂百草园

车过百草香②，葱郁满山冈。一陇排天竹，连畦列地黄。叶花红绿紫，枝干短中长。路转望医圣③，流芳耀日旁。

游白羽城遗迹公园

暮游白羽城，星映万家灯。断箭遗征战④，旧基⑤证废兴。繁华思郡楚，馥郁忆岗陵。谢氏⑥知何去，空留古素缯。

游老界岭

来游老界岭⑦，陇首为寻仙。老子曾归隐⑧，伏牛正熟眠⑨。清凉分沆瀣，屹立共荷莲⑩。犄角尖⑪头望，身临大壑前。

行香子·癸巳中秋咏月

皓宇澄鲜，禹甸欢颜。正人间，佳节当前。盈虚适度，朔望周全。共此时清，此时亮，此时圆⑫。　　摇情满树⑬，飞镜留鸾。照

---

① 怀王使秦，屈原曾在此苦谏怀王回驾，曰，秦，虎狼之国，不可行。怀王不听，卒至秦，竟死于秦而归葬。事见《史记·屈原贾谊列传》。

② 宛西制药厂之百草园。

③ 医圣张仲景塑像立于百草园边山冈上。

④ 此地出土有箭镞。

⑤ 故城旧基犹在。

⑥ 谢氏乃白羽城古代之氏族。

⑦ 老界岭为黄河与长江分水岭，西峡县著名旅游景点。

⑧ 此地有老子归隐处。

⑨ 老界岭有伏牛峰。

⑩ 群峰玉立，奇石怪松遍布。

⑪ 为老界岭最高处。

⑫ 张九龄《望月有怀》："海上生明月，天涯共此时。"

⑬ 张若虚《春江花月夜》："不知乘月几人归，落月摇情满江树。"

吹箫，弄影翩翩①。浮槎远泛，碧海青天②。致美人奔，诗人问③，羽人④攀。

行香子

安大外语系83届同学于2013年9月中旬举行毕业30年雅集，余因开学教事不得躬逢其盛，以诗驰怀，长歌当见。

桂子飘香，雁子回翔。正中秋，雅集同窗。风云卅载，热泪千行。竞问平安，谈儿女，论家邦。　　相逢忆旧，两鬓添霜。共今宵，醉又何妨？情珍往日，泽惜遗芳。要对昏灯⑤，牵襟带，诉衷肠。

前同事王媛渌追悼会，因事未能参加，凄然而赋

王媛渌长余一岁，宁波本地人，2002年至2004年宁波大学外语学院与余同事，时任学院办公室主任兼工会副主席，工作能力强，性格豪爽，爱交往，喜饮酒，乃一精明强干之女性。2004年下半年调任宁波城市学院人文学院党总支书记，后升任学院纪委书记。今年六月初检查身体，发现为晚期胰腺癌。病重期间，余曾与其老同事前往李惠利医院探视。九月中旬病故，英年早逝，良为叹息。其女与余女为高中同窗，就读于兴宁中学，现就读于浙江万里学院，今年22岁，已失其母矣。

最后遗容未得瞻，人生契阔⑥感频添。癌魔暗击支梁柱，病酒偏滋胰腺炎。事业连朝拼力尽，劬劳⑦半百致身歼。可怜夫女衣襟湿⑧，便是同仁泪亦沾。

---

① 苏轼《水调歌头》："起舞弄清影，何似在人间。"

② 李商隐《嫦娥》："嫦娥应悔偷灵药，碧海青天夜夜心。"

③ 辛弃疾有效天问体之《木兰花慢》咏月词。

④ 羽人，本指仙人，苏轼《前赤壁赋》"飘飘乎遗世独立，羽化而登仙"，此指中国宇航员。

⑤ 王安石《示长安君》："草草杯盘共笑语，昏昏灯火话平生。"

⑥ 苏曼殊《本事诗》："契阔死生君莫问，行云流水一诗僧。"

⑦ 《诗经·邶风·凯风》："棘心夭夭，母氏劬劳。"

⑧ 杜甫《蜀相》："出师未捷身先死，长使英雄泪满襟。"

游柏林禅寺

柏林禅寺在河北省赵县县城东南角，最早建于汉献帝建安年间。唐时玄奘大师曾来此从道深法师研习《成实论》，晚唐从谂禅师驻锡于此，大行法化，形成禅宗之“赵州门风”。后相延至清，近百年因战乱而废祀。1988 年重建，现任住持明海禅师原为北京大学哲学系硕士，亦秉承赵州宗风，提倡生活禅，普度众生，举办俗众夏令营，与各种非宗教团体往来。余于 2013 年 9 月 23 日参加河北师范大学举办的第八届全国典籍翻译学术研讨会文化考察时游此。

自喜情身①别有缘，雨中遥识赵州禅②。吃茶物我浑参透，洗钵空无印证全③。玄奘留踪名刹显，从公④驻锡北宗传。观音殿上思灵验：觉悟人生大众前。

游赵州桥

苍龙跃水卧洨湑，别出隋朝匠李春。三券⑤惊人还骇俗，一梁⑥济世复安民⑦。骑驴果老⑧留仙迹，考古思成⑨叹异珍。大石⑩如今中外誉，行人指点解迷津。

于河北师范大学重见荣红师妹

去年天北别怀慵⑪，今岁秋来喜再逢。慰我容颜依旧好，珍君

---

① 佛教认为常人为有情众生。
② 禅宗一宗派。
③ 吃茶去与洗钵去乃赵州禅中生活禅。
④ 从谂法师，赵州禅之开山祖。
⑤ 桥孔。
⑥ 津梁。
⑦ 赵州桥，原名安济桥。
⑧ 张果老。
⑨ 梁思成。
⑩ 赵州桥亦名大石桥。
⑪ 2012 年在河北师范大学参加全国诗歌翻译会议时，余曾见荣红。

泽谊自然浓。历多时事安心态，语尚中途怪夜钟[1]。淅淅添凉一宵雨，助人分手感深重。

参加第八届全国典籍翻译研讨会，适逢正栓教授因病住院，欲往探视，怕多打扰，归来以长诗遥祝早日康复

问讯中元[2]约后逢，今从贵恙想清容。三秋气爽宜调养，万事心平未沓重。岸帻床前谈笑逸，披襟夜里兴情浓。成功盛会君谋划，自有神兵灭病凶。

孔子2564周年诞辰感赋

2013年9月28日（癸巳年八月二十四日）为孔子两千五百六十四周年诞辰，大陆各地、台湾地区、日本举行了盛大的祭祀活动。大陆有人提议将9月10日教师节改为9月28日，以应孔子诞辰，并与台湾教师节同日，甚佳。

孔孟朱王[3]古圣贤，伦常[4]一续两千年。维新[5]五四[6]加文革[7]，激进怀疑复倒颠。道德如今频触底，精神返本要回天。中西体用兴亡训[8]，教育调和勿再偏[9]！

---

① 李益《喜见外弟又言别》："别来沧海事，语罢暮天钟。"

② 中元节。

③ 孔仲尼、孟轲、朱熹、王阳明。

④ 儒家自然伦理纲常。

⑤ 百日维新。

⑥ 五四运动。

⑦ 文化大革命。

⑧ 晚晴张之洞提出"中学为体，西学为用"之主张。

⑨ 近百年来中国教育走的是西化模式，中国传统教育逐渐缺失，由此逐渐失去民族话语，导致民族精神营养不良。如今调和中西，发挥传统教育之作用，已迫在眉睫。

品赏毛燕萍师生书画展于宁波鼓楼，感赋①

淡远襟怀四海称，喜看书画得传承。篆文似蛰姿多媚，草体如龙势欲腾。笔阵图②开辉阁宇，砚华法③妙递心灯④。明州艺脉何绵邈，万里金秋一片澄。

读陈洪勋社长咏时事诗赋有感⑤

钟馗手段董狐⑥诚，半百符文鬼魅惊。细论时风频写照，狂鞭丑类不留情。乐天⑦通俗人人解，子美⑧书忧字字鸣。笔作投枪看老将，词锋剑影互纵横。

听山崎妙圆上人讲解日本僧寺制度⑨

日本僧尼山崎妙圆，少闻其祖父参加侵华战争之事，致为震惊。二十二岁大学毕业时于比叡山常乐寺剃度，发愿超度二战亡灵，习日文《法华经》，后又发宏愿学习汉语，拟用汉语念诵佛经，超度二战中国亡灵。现已出家十四年。2013 年廿愿受师逐籍，来华习汉语。9 月至甬，于宁波大学国交学院以留学生身份学习。阿育王寺住持印山法师钦之，接纳寺中，周末与华僧同住做功课。10 月 10 日，受宁大跨学科沙龙之邀讲解日本僧寺制度。

一袭僧衣着素心，灵山⑩乘月⑪自东临。法华⑫频诵年华艳，愿

---

① 时在 2013 年 10 月 1 日。
② 卫夫人有《笔阵图》。
③ 此指书法之法。
④ 毛燕萍，宁波书法家，作品在海内有一定影响。
⑤ 作于 2013 年 10 月 6 日。
⑥ 此指陈社长所作刺世击邪诸篇有史家笔法。
⑦ 白居易。
⑧ 杜甫。
⑨ 作于 2013 年 10 月 11 日。
⑩ 日本比叡山。
⑪ 韦庄《送日本国僧敬龙归》：“此去与师谁共到，一船明月一帆风。”
⑫ 《妙法莲华经》，此经亦是日本比叡山寺庙长诵之经。

力加持功力深。精进修行臻勇猛[①]，慈悲普度近观音。口宣故国檀家制[②]，澹荡襟怀合众钦。

访慈湖婆罗禅寺[③]

一片丛林秋气清，慈湖北畔[④]足初停。欣逢法会天王殿[⑤]，喜听高僧钟磬声。梵宇依山还傍水，空云过树复飘甍。岙中参悟经田舍[⑥]，不觉归途满落英[⑦]。

访慈城维拉小镇[⑧]

好座园林[⑨]等大观[⑩]，谁将玉宇落人间？舒心别苑居千户，悦目烟波水一湾[⑪]。对景依稀游塞纳[⑫]，当街仿佛见仙班[⑬]。还兴老杜秋风叹，谁庇寒儒俱笑颜[⑭]！

---

① 《无量寿经》卷上："勇猛精进，志愿无倦。"

② 日本佛家制度在发展过程中产生了自身之特色，如僧人仍留俗姓，而不通行道安从释姓之制度。

③ 时在 2013 年 9 月 15 日。

④ 婆罗禅寺，原名婆罗庵，在慈湖村山岙中。

⑤ 余与同事拜访时逢众僧在天王殿做法事。

⑥ 禅寺前一片田舍，景色十分宜人。

⑦ 时木芙蓉盛开。

⑧ 时在 2013 年 9 月 15 日。

⑨ 维拉小镇在慈城城外，维拉为法文 villas 之音译。

⑩ 《红楼梦》中有大观园，为元妃省亲所建。

⑪ 小镇旁有烟水一湾，景色十分宜人。

⑫ 法国巴黎塞纳河。

⑬ 此等别墅式设计及高价，皆为富人所想，与工薪平民无关。镇上出入之人皆富人也。

⑭ 杜甫《茅屋为秋风所破歌》："安得广厦千万间，大庇天下寒士俱欢颜，风雨不动安如山。"

欣悉拙著《语法转喻的认知研究(英文版)》获浙江省第十七届哲学社会科学优秀成果三等奖,喜赋

得意春风马啸骧[①],老夫今作探花郎。须挥白日千尊酒[②],未负青灯十载光[③]。远指蟾宫申后约,长驱学海领前航。吾将上下频求索[④],多少新知[⑤]待主张。

登越王台[⑥]

越甲吞吴[⑦]事不讹,府山[⑧]千古势巍峨。深叹文种筹谋罕,更感西施侠义多[⑨]。尝胆君王终复国,齐心将士共挥戈。至今犹觉英雄气,我自峰头发浩歌。

拜谒秋瑾烈士塑像[⑩]

巾帼英雄[⑪]侠气[⑫]长,满身端丽女儿装[⑬]。掀翻帝制临危难,挺起中华作脊梁。视死如归眉宇静,赴汤蹈火步姿庄。鉴湖剑影西湖月[⑭],朗照人间是玉光。

---

① 孟郊《登科后》:"春风得意马蹄疾,一日看尽长安花。"

② 杜甫《闻官军收河南河北》:"白日放歌须纵酒,青春作伴好还乡。"杜甫《春日忆李白》:"何时一樽酒,重与细论文。"

③ 黄庭坚《寄黄几复》:"桃李春风一杯酒,江湖夜雨十年灯。"

④ 屈原《离骚》:"路漫漫其修远兮,吾将上下而求索。"

⑤ 朱熹《鹅湖寺和陆子寿》:"旧学商量加邃密,新知涵养转深沉。"

⑥ 时在2013年10月23日。

⑦ 越王勾践灭吴只有三千将士。

⑧ 越王台在绍兴市内府山上。

⑨ 西施为越王勾践复仇只身深入敌国卧在夫差身边,此亦孤胆侠士也,其美色其智勇终使越王复国,岂古人之谓以女色迷惑吴王乎。

⑩ 时在2013年10月22日。

⑪ 孙文为秋瑾烈士所题。

⑫ 秋瑾号鉴湖女侠。

⑬ 秋瑾塑像为着裙钗之装束,器宇轩昂,但一身秀气。

⑭ 秋瑾墓在西湖。

重访鲁迅故居

2013 年 11 月 24 日上午，浙江省翻译家协会在绍兴越秀外国语学院召开第七届年会，会后文化考察安排参观了鲁迅故居。余于 1999 年南游时参观过鲁迅故居，此次为重访。

绍兴周氏翰林缘，老屋衰兴①一喟然。国史频书知寿辈②，家声再振赖名贤。满腔热血疗伤药，数卷雄文诊病篇。民族沉疴深把脉③，重温教训祖堂④前。

谢李羡唐画师题赠《水墨小品》

2013 年 12 月 6 日宁波政协诗社年终理事会在蒋宅召开，余逢李羡唐先生，蒙赠其新集《水墨小品》，凡六十一幅，幅幅清新可爱，逸趣横生，因题。

花鸟鱼虫百态新，寥寥数笔出精神。空中闲作诗书伴，自是羲皇以上人⑤。

与明林兄⑥游白云山

乘兴⑦寻仙⑧信有征⑨，白云今日共攀登⑩。浮身⑪紫气⑫辉金

---

① 周家因鲁迅祖父科场案及鲁迅父亲疾病而变卖祖产。

② 周氏三兄弟为寿字辈。

③ 时人常谓鲁迅先生弃医从文，此语未确，应言鲁迅先生从医人到医国，从医身到医心，从药医到文医，堪称医文合一。

④ 绍兴周家祖堂为德寿堂。

⑤ 李羡唐先生，1943 年生，浙江宁波人，四明书画院画师。据他自己解释，羡唐之义乃称羡唐尧，故此诗戏称其为羲皇以上人。

⑥ 余同事张明林副教授，2013 年 12 月 10 日与余同游广州白云山。

⑦ 杜甫《解闷》："为问淮南米贵贱，老夫乘兴欲东游。"

⑧ 李白《庐山谣寄卢侍御虚舟》："五岳寻仙不辞远，一生好入名山游。"

⑨ 吴筠《游仙》："仙经不吾欺，轻举信有征。"

⑩ 毛泽东《水调歌头 · 重上井冈山》："世上无难事，只要肯登攀。"

⑪ 苏曼殊《以诗并画留别汤国顿》："蹈海鲁连不帝秦，茫茫烟水着浮身。"

⑫ 杜甫《秋兴》："西望瑶池降王母，东来紫气满函关。"

宿，仰首[1]苍穹显玉绳。悦目陇头涛万叠[2]，赏心脚底[3]絮千层。归时不敢挥衣袖[4]，恐与流霞[5]一道升。

增城广场谒崔与之雕像[6]

伟岸身躯整肃容，包含宇内大襟胸。为官首立三无[7]德，作赋新开一代风[8]。相印坚辞[9]香晚节[10]，兵书甚解建奇功[11]。我来相晤忘今古[12]，欲语先贤广场中。

增城广场谒湛若水雕像

端凝二斗[13]拜南天，水月襟怀自湛然。物理知行皆合一，实虚心性尽周全。上卿约素[14]修齐治，书院[15]传薪读讲研。阵阵清风拂余面，如闻教诲在尊前。

---

① 聂绀弩《拾穗同祖光》："鞠躬金殿三呼起，仰首名山百拜朝。"

② 苏轼《行香子》："有湖中月，江边柳，陇头云。"

③ 苏轼《有美堂暴雨》："游人脚底一声雷，满座顽云拨不开。"

④ 徐志摩《再别康桥》："我挥一挥衣袖，不带走一片云彩。"

⑤ 余光中《寻李白》："匡山给雾锁了，无路可入/仍炉火未纯青，就半粒丹砂/怎追蹑葛洪袖里的流霞。"

⑥ 余于2013年12月11日访增城。

⑦ 与之曾节录刘皋语"无以嗜欲杀身，无以货财杀子孙，无以政事杀百姓，无以学术杀天下后世"为座右铭。

⑧ 与之开岭南宋词之始。

⑨ 宋理宗一直想让与之赴京主政，亲自下七道诏书，任与之为右丞相，前后四年留着相位等待与之赴任。他甚至命令在京当官的李昴英暂停公务，去广州专门劝说与之，侍候崔与之出发。但与之终因年老体衰，数月间先后上疏十三次请求辞免。

⑩ 与之一生酷爱菊花，自号菊坡，更喜欢北宋名臣韩琦的名句"不羞老圃秋容淡，且看黄花晚节香"。

⑪ 与之守边五年，边境没有战乱，后又屡平兵变。

⑫ 朱熹《鹅湖寺和陆子寿》："却愁说到无言处，不信人间有古今。"

⑬ 《增城县志·湛若水传注》(旧志)："若水生有异状，耳旁黑子左七右六，类二斗，资性端凝，无妄动，无妄言。"

⑭ 若水历任吏部侍郎、礼部侍郎、兵部尚书，深得世宗倚重与信任。《广东新语》称："甘泉翁官至上卿，服食约素，推所有余以给家人弟子，相从士三千九百有余。"

⑮ 若水在西樵、增城、南香山、新塘等地建有大科、明诚、莲洞、读岗和甘泉等书院。

小游增城，内兄于途中示余罗浮山路牌，因题

罗浮东望是天涯，想象名山意亦奢。慧远无缘开梵宇①，师雄有梦会梅花②。仙桥古观长生井，卢桔酥醪云雾茶。形役③无由着踪迹，此心已去卜遥家④。

读《郁达夫诗词笺注》

《郁达夫诗词笺注》为浙江海洋学院詹亚园教授所著，上海古籍出版社2013年11月出版。该书收录郁达夫全部诗歌作品，并作详细笺注，揭示了诗人之行迹与文采，颇有文学与史料价值。

多才博学出天然，一卷煌煌数百篇。咳吐珠玑家国事，往来消息友朋笺。情思蕴藉抒灵性，咏啸飘零度乱年⑤。借得詹文⑥探芳迹，追攀欲拍达夫肩⑦。

于中国社会科学院外国文学研究所做联合博导，喜赋

2013年下半年，宁波大学选派余做中国社会科学院外国文学研究所联合博导。年终安排结果出来：余与陈众议研究员联合指导2013级博士生。

---

① 东晋慧远原拟南去广东惠州罗浮山弘法，但过九江时因见庐山之秀美而建东林寺于此。

② 《龙城录》：隋开皇中，赵师雄迁罗浮。一日天寒，日暮，于松林间酒肆旁舍，见美人淡妆素服出迎，时昏黑，残雪未消，月色微明。师雄与语，言极清丽，芳香袭人。因与扣酒家门共饮。少顷，一绿衣童子笑歌细舞。师雄醉寝，但觉风寒相袭。久之，东方既白，起视，在大梅花树下，上有翠羽啾嘈相顾，月落参横，惆怅而已。

③ 陶渊明《归去来兮辞》："既自以心为形役，奚惆怅而独悲。"

④ 卜遥家：犹远在罗浮卜居。

⑤ 达夫诗词从留日学习开始，到飘零南洋结束，历辛亥革命、土地革命战争和抗日战争，可谓身处乱世，四海飘零。

⑥ 詹氏笺注约为两大端：一为郁诗所涉典故，一为作者创作背景。前者可谓博赡，后者可谓颠沛。

⑦ 黄庭坚《定风波·次高左藏使君韵》："万里黔中一漏天，屋居终日似乘船。及至重阳天也霁，催醉，鬼门关近蜀江前。　莫笑老翁犹气岸，君看，几人白发上华颠。戏马台前追两谢，驰射，风情犹拍古人肩。"

本觉修成阿赖耶[①]，吾生宇内意何奢。两间不信有今古[②]，万物互参无迩遐。稷下[③]盈门争问学，教坛传道笑拈花[④]。唯心至善行深处[⑤]，格物中西合一家[⑥]。

嫦娥三号首拍地球照片并传回

浩瀚深空景象悠，众星明灭暮光收。嫦娥远把家乡望，一片蓝瓷是地球[⑦]。

寄陈众议先生

君居北海余南海，伊妹传书惜未曾[⑧]。今日遥将双鲤寄，何时对饮一壶冰[⑨]？绍兴自古多才俊，问学[⑩]从兹更澈澄。授业诸生西哲奥，朱张[⑪]德范愿相承。

---

① 阿赖耶（梵文 alaya），为八识（眼、耳、鼻、舌、身、意、末那、阿赖耶）之第八识，旧译作无没识，新译作藏识，或作本识、宅识。无没识意谓执持诸法而不迷失心性，以其为诸法之根本，故亦称本识；以其为诸识作用之最强者，故亦称识主。此识为宇宙万有之本，含藏万有，使之存而不失，故称藏识。又因其能含藏生长万有之种子，故亦称种子识。

② 朱熹《鹅湖寺和陆子寿》："却愁说到无言处，不信人间有古今。"

③ "稷下"即齐国国都临淄城稷门附近百家争鸣之地，齐国君主在此设立学宫，得名"稷下学宫"。稷下学宫是世界上第一所由官方举办、私家主持的特殊形式的高等学府。

④ 有一次大梵天王在灵鹫山上请佛祖释迦牟尼说法。大梵天王率众人把一朵金婆罗花献给佛祖，隆重行礼之后大家退坐一旁。佛祖拈起一朵金婆罗花，意态安详，却一句话也不说。大家都不明白他的意思，面面相觑，唯有摩诃迦叶破颜轻轻一笑。佛祖当即宣布："我有普照宇宙、包含万有的精深佛法，熄灭生死、超脱轮回的奥妙心法，能够摆脱一切虚假表相修成正果，其中妙处难以言说。我以观察智，以心传心，于教外别传一宗，现在传给摩诃迦叶。"然后把平素所用的金缕袈裟和钵盂授予迦叶。

⑤ 唯心：《楞严经》："诸法所生，唯心所现，一切因果，世界微尘，因心成体。"至善：《大学》："大学之道，在明明德，在亲民，在止于至善。"行深：《般若波罗蜜多心经》："观自在菩萨行深般若波罗蜜多时，照见五蕴皆空。"

⑥ 格物，及物也，推究事物之原理，儒家主张修齐治平的前提之首要条件。

⑦ 苏轼《澄迈驿通潮阁》："杳杳天低鹘没处，青山一发是中原。"

⑧ 黄庭坚《寄黄几复》："我居北海君南海，寄雁传书谢不能。"伊妹：伊妹儿（英文 email）。

⑨ 王昌龄《芙蓉楼送辛渐》："洛阳亲友如相问，一片冰心在玉壶。"

⑩ 问学：《中庸》："故君子尊德性而道问学，致广大而尽精微，极高明而道中庸，温故而知新，敦厚以崇礼。"

⑪ 朱熹与张栻。

英文部分

To My Colleague-Friend Prof. Zhou Ping Leaving for Britain to Pursue Her Doctor's Degree①

Thou leavest the Cold Day here for Western Spring.
This simple verse wilt fail to tell my heart;
Would that happy news to me thou dost bring.
While newly acquainted, we're hard to part.
Alone, a sea of Classics② thou dost seek
And burnst thy midnight's oil to shed thy light.
Before learning thou art ne'er, ne'er so meek;
Like heroes thou art'gain summoned to fight.
Along with Western sages③ thou art t' stay,
From whom thou wilst meet many wonders fair.
To final truth thou art sure t' find thy way,
Yet books and looks both need thy special care.
    Like Tang Xuanzang④, thou wilst return from th' West,
    Again I'll meet thee in rosy cloud dressed.

---

① Professor Zhou Ping was leaving her post in the Faculty of Foreign Languages of Ningbo University and suggested that I work for her post as vice dean in the faculty. This is the sonnet I sent to her when she said goodbye to us. It was written on January 11, 2003.

② She was going to study Greek and Classics in Britain in her late forties. I was deeply impressed by her diligence and life goal.

③ Here the Western sages refer to the ancient Greek sages such as Socrates, Plato, Aristotle and others.

④ Xuanzang (玄奘) was a tripikata dharma Buddhist in the Tang Dynasty (618 – 907) who went to India in the early period of the dynasty, stayed there for many years and became a celebrate in India. He returned to China after he finished his study there and brought back a lot of Buddhist sutras and translated them into Chinese.

Passion[①]

If only they had met ere marriage,
They two could have been a most worthy pair. ②
His heart for her would make him a love-sage,
And she would turn into the greatest fair.
But now he's a husband and she a wife,
Though they've been to each other feeling dear.
They can only be brother and sister in this life,
Howe'er often in life she does appear.
Their passion wilt always be kept at heart,
Assisting them to understand the world,
Which maketh life a beautiful work of art,
And their special friendship purely unfurled.
    This strange yet regular thoughts hit at times,
    Inspiring him to make for her those rhymes.

① This sonnet was composed in October, 2005 when I was studying for my doctor's degree in Beijing. I found my free time when I began to live alone as a doctoral student. In my leisure time, I was in the mood of romance and recorded the story I knew and hence this sonnet.

② This line is an imitation of Zhang Ji's "Ode to a Chaste Wife": Thou know'st that I have my own husband/And yet send'st me thy token of two pearls./I tie it to my red blouse of silk gauze,/Moved by thy love that so dearly unfurls./In a tower neighboring the royal court I reside/And my good man is a royal guard at His Majesty's brilliant side./I understand thou try'st to own my love with thy pure strife/But I vow to devote to my husband my whole life./I return thee thy pearls with my running tears/And would that we had met each other in my maiden years.（张籍《节妇吟》：君知妾有夫，赠妾双明珠。感君缠绵意，系在红罗襦。妾家高楼连苑起，良人执戟明光里。知君用心如日月，事夫誓拟同生死。还君明珠双泪垂，恨不相逢未嫁时。）

On Reading Prof. Zhou Liuxi's Poems and Translated Poems[1]

Who saith that verses are a trivial thing?
They are made only by a master-hand,
Who hath drunk very deep the Pierian spring[2],
And hath created such a wonderland.
Who can present us a world of surprise,
A world of splendors touching all our hearts,
A world of beauty unseen by our eyes,
A world where we ascend the heights of arts?
Much have I traveled in the realms of Muse[3]
And read Chapman's Homer[4] in English lines,
But first met this source of joys that diffuse
In different tongues that our bard combines.
The eloquence hath been achieved so well
That commoners are too dazzled to tell.

A Reflection of CATTI Paper Grading at the Huashen Resort in Huairou District[5]

Here gather we remote at th' waterside

---

① This sonnet was written in January, 2006 for the anniversary of my supervisor Professor Zhou Liuxi's sixtieth birthday. I had just finished reading his poems and translated poems published previously. Professor Zhou Liuxi is a versatile scholar who is not only good at academic research, but also at poetic creation and translation.

② The Pierian spring was a spring in Greek mythology. It was believed that people got inspired when they drank the water from this spring.

③ John Keats' "On First Looking into Chapman's Homer": Much have I travell'd in the realms of gold, /And many goodly states and kingdoms seen/Round many western islands have I been /Which bards in fealty to Apollo hold.

④ Chapman translated Homer's works and won his fame. It is believed that his translation is one of the best versions in the history of the British literature.

⑤ This sonnet was composed on Dec. 5, 2006 when I was asked to join in the work of grading the papers of CATTI. It was my first time to grade such papers.

To grade the papers done by those green hands.
In finding talents from crowds we take pride
And follow strict criteria and commands.
We have been busy for all these five days①
And got refreshed by jocund jokes and tea;
We've found the answers made in wearying ways
Among which good ones waited there in glee②.
Our worthy leaders have showed us their care,
And treated us with fine entertainment.
At this resort we have enjoyed views fair,
And feel that everything here is well meant.
  Ah, this experience offereth such a rhyme,
  Let's hope that we shall meet again next time.

A Sonnet to Gao Bo as Congratulations on Her Receiving MA Degree and Starting Ph. D③

Hard work hath offer'd thee a great success
Which wilt help thee ascend o'er where thou art.
I know thou never canst cease thy progress,
And this success is only thy new start.
Three years of diligence hath made a star
In th' sky of learning that doth shine so bright;
Computers, books, schoolbags and papers are

① The grading task lasted five days and it was a tiring job.

② This line is an imitation of William Wordsworth's "I Wandered Lonely as a Cloud": The waves beside them danced; /but they out-did the sparkling waves in glee: /A poet could not but be gay, /In such a jocund company.

③ This sonnet was composed on June 12, 2007 when Gao Bo graduated from Beijing Normal University as an MA. She studied Cognitive Linguistics and in the same year she got enrolled in the doctor's program in the same school.

All thy benign companions day and night.
Thy gift wilt prove another Goldberg here①
With everything thou hast to do and done.
A brilliant road ahead doth now appear,
To crown and glory thou wilst surely run.
No more have I to send thee on this day
Than confidence thou shouldst keep on thy way.

A Sonnet for the 2010 New Year's Party of Our Faculty of Foreign Languages②

This annual party brings us happy hours
Enabling us to leave our chore aside.
The joyous songs and funs arise in showers
Which send applause and laughters far and wide.
Gone is the hard and tense and testing year
In which our nation made enormous strife.
Although the living cost and price keep dear,
We still maintain a good and easy life.③
There are changes also in our school
Which add to our already heavy load.
We shall adapt ourselves to the new rule
And strongly and steadfast our duty hold.
At this occasion let's toast to our health
So that we could make more spiritual wealth.

---

① Goldberg is a scholar on Construction Grammar and Gao Bo did her research work in the same field.

② This sonnet was composed on January 1, 2010 when I went to the party late as I was arranged to supervise an exam. During the interval I gave an expression to the happenings of the year and made these lines.

③ This year remained in the hit of the financial crisis and our country suffered from the slackness of economy as a result of the international situation.

Sending My Daughter to Delaware State University[1]

A full-fledgèd bird, thou now leavest thy nest
To perch alone in that city of Dover[2],
Flying across the ocean to the West,
With thy aim high, t' the New World as a mover.
Thou needst carefully of thyself take care,
T' enrich thyself do not forget to sport
Because life can be ever so hard there;
Work more so that thou canst thyself support.
In trouble, we're thy ever closest friend
Wherever thou livest and where'er thou art.
Best wishes to thee we shall always send,
And we hope thou learnst well at th' very start.
In thy absence our love for thee'll grow strong,
But to see thee succeed is what we long.

An Encouragement for My Poetry-Learning Students[3]

An English verse is th' best word in th' best place[4]
Which thou art going to formally learn.
I'm sure that thou shalt know what is the grace

① My daughter went to study in Delaware State University as an undergraduate student. It was the first time she left her home and lived abroad. I expressed my worries and gave her encouragement and suggestions. The verse was composed on August 15, 2010.

② Dover is the capital of the Delaware State and Delaware State University is located in that city. Here the name of Dover is used as a pun which means both a bird and a city.

③ This sonnet was written on September 5, 2010 when it was the first time for me to teach students English poetry. Poetry is a difficult subject to teach and learn. Therefore, I wrote this verse to encourage my students.

④ Samuel Taylor Coleridge: I wish our clever young poets would remember my homely definitions of prose and poetry: that is, prose—words in their best order; poetry—the best words in the best order.

Of poetry that will make thy heart burn[①].
But first thou needst to know it step by step,
And learn the basics of English verse lines.
'Tis a hard nut but 'tis also thy prep,
And thou shalt find in it there are gold mines.
Don't be afraid that it will cost much time
Because thou knowst that verse is th' art of art,
But 'tis a grace to read and write a rhyme
As thou possess'st the beauty of thy heart.
  In poetry thou shalt have much to tell
  And I believe that thou canst learn it well.

Written upon the Top of High Point[②]

Oh, High Point, hometown of Quincy Adams[③],
Now I ascend to see thy farthest view.
Into my wide open eyes a scene slams:
All lost into horizon old and new.
The wooded crag remains what 'twas before,
When the new people came to the new land[④],
The sight I see beneath my feet is more

---

① Samuel Taylor Coleridge: Poetry is the blossom and the fragrance of all human knowledges, human thoughts, human passions, emotions, and languages.

② This was the first poem I composed on March 9, 2012 in Boston in the US. High Point is the western part of Boston. I went to visit it early in spring when it remained a wintry view.

③ John Quincy Adams(1767 – 1848) was the sixth President of the United States (1825 – 1829). He served as American diplomat, Senator, and Congressional representative. He was a member of the Federalist, Democratic-Republican, National Republican, and later Anti-Masonic and Whig parties. Adams was the son of former President John Adams and Abigail Adams.

④ The new land refers to the New World, a name given after Christopher Columbus discovered the American continent in 1492.

Than th' President in the Document[1] planned.
The soaring bird flies to the setting sun,
Which dumps my shadow long and proud aground;
The aimless clouds in boundless heaven run
Whilst blooming sprouts in gentle breeze are found.
  The spring is tracing out of withered leaves,
  Where I await what further th' States achieves.

Spring in Massachusetts[2]

'Tis now mid-March when boughs begin to sprout,
When meadows are dotted with verdant grass;
When new green shoots from earth are springing out,
You may stop here to gaze or gently pass,
Before all land is dyed in rosy hue,
Before all gardens crowd with varied flowers,
While visitors to scenic spots are few[3],
While most blossoms remain in sleeping hours.
The springtide steals in as it always does,
Cold rules the season still in withered leaves,

① The Document refers to the Declaration of Independence. John Adams was a leader in pushing for independence, which was unanimously approved on July 2, 1776. A committee had already drafted the formal declaration, to be ready when Congress voted on independence. He persuaded the committee to select Thomas Jefferson to compose the original draft of the Declaration of Independence document, which Congress would edit to produce the final version. The Declaration was ultimately a formal explanation of why Congress had voted on July 2 to declare independence from Great Britain, more than a year after the outbreak of the American Revolutionary War. The national birthday—the Independence Day is celebrated on July 4, although Adams wanted July 2.

② This sonnet was written on March 14, 2012 when I was taking a trip in the western part of Boston.

③ This line has adopted the technique of Yang Juyuan's "Early Spring in the Eastern Part of the City": A poet's scenery is in early vernal hours,/When the willow twigs just give their yellowish sprout./If the royal gardens are brocaded with flowers, /All spring-visiting people will be going out.(杨巨源《城东早春》:诗家清景在新春,绿柳才黄半未匀。若待上林花似锦,出门俱是看花人。)

Where you fail to hear those flying bees buzz①,
But vernal breeze too soon with warm waves heaves.
  Don't say that spring is late here in the north,
  As you can feel and see, it has come forth.

When I First See Rosemary in Boston

When I first see rosemary in Boston②,
So happy I am to know this green herb.
A bunch of stalks I rest my fingers on,
Its special fragrance will my heart disturb.
In English verse I many times read thee,
And know thou art from aromatic land,
And now thou walkest out of verse to me,
With sweet taste that leaves its smell on my hand.
Rosemary, shall I call thee just a smell③?
Thou art so tiny but reachest so far
Before I see thee I've known thy fame well
To me thou art a fair, fair like a star.
  Oh, Boston hath a herbal beauty here,
  Presenting its real self to me so dear.

---

① This line has adopted the technique of a Chinese hermit poet Lin Bu's "Little Plum Blooms in the Hilly Garden": Thou art just in bloom when fallen are other blooms,/Filling my little garden with all thine own grace./Thy sparse and slanting figure in a clear pool looms;/In the dim moonlight is thy flowing fragrant trace./Birds in frost peep at thee when they are to alight,/Butterflies will be heartbroken if thee they know./Happily my chant of this verse can make thee right,/And worldly songs and royal drinks no need to show.(林逋《山园小梅》:众芳摇落独暄妍,占尽风情向小园。疏影横斜水清浅,暗香浮动月黄昏。霜禽欲下先偷眼,粉蝶如知合断魂。幸有微吟可相狎,不须檀板共金樽。)

② This poem was composed on March 15, 2012 when I came to see such a herb in the section of vegetables in a supermarket. I was attracted by its special smell and its beautiful name.

③ This line has adopted the technique of Wordsworth's "Ode to Cuckoo": Shall I call thee bird, Or but a wandering voice?

Attending a Concert of Boston Symphony Orchestra①

The distant theater in Boston is in the north②,
Where there is said to be a famous band,
Therefore we take the subway and go forth
To that great wonder of musical land.
The good conductor is a worthy Black
And too, the band are undoubtedly skilled.
He carries his audience away and back
By his art and speech with eloquence filled③.
They bring us old music and make it live,
Ascending us to boundless spheres on high,
It seems all legends and stories revive
Before our eyes and we do not know why.
　　We have never experienced such grand sound
　　And find ourselves in it already drowned.

Daffodils beside Sacred Heart Church④

Oh, daffodils, fair daffodils,
Having bloomed in Wordsworth's grand verse⑤,
Thou com'st hither when linger chills
So that spring here will not immerse.

---

① This sonnet was written on March 16, 2012 when it was the first time for me to attend the concert in Boston together with Professor Duan Tali, a visiting scholar from Shaanxi Normal University at UMass Boston.

② The theater is in the northern part of Boston and it is built in grand Roman style.

③ The concert I attended this time was one given to children at which a black conductor was explaining some professional knowledge about music to children audience. His explanation was well arranged to the effect that all audience enjoyed and understood what the symphony was.

④ This verse was written on March 17, 2012 when I saw the beautiful daffodils blooming beside Sacred Heart Church in the western part of Boston.

⑤ Wordsworth wrote a famous poem of daffodils entitled "I Wandered Lonely as a Cloud".

In lines so neat beside the church,
In breeze thou dancest with a lurch.

Thy face is golden, thy dress green,
So young, so sweet, so slim, so fresh,
The fairest flower I've ever seen
And would that God cast thee in flesh.
Thy beauty stops those passing by,
And captures me, a poet-guy.

For now, I see thee as a fair,
A reborn lass in special grace.
Thy tender growth requires my care,—
A patron of thy smiling face.
I only nourish thee with love,
As a celestial from above.

Thou shinest here in bless of God①,
Making a scene, unknown thy whence.
A bed of clay just as thy sod,
Thou bloomest at the human fence.
A spirit turned to life is all
That, with a charm, holds me in thrall.

① This line was written this way because the blooms were at the side of the church.

An Unnamed Spring Blossom①

This alien land beside the sea
Is now thine as well as mine home.
'Tis the first time here I greet thee,
Not knowing when thou didest come.
So tender, so graceful, so bright,
Dressed in green, thy face freshly white.

I'm unaware of thy sweet name,
But I'm shocked deeply by thy fair.
As new comers we are the same,
And fall into each other's care.
Together be the world's best things,
'Tis Fate that us two hither brings.

We live to each other quite near,
One on th' hill, the other at th' bay②;
Today I'm visiting thee here,
Thy soul will visit me next day.
I guest thee in my little verse;
Thou gracest me in universe.

It matters not thy unknown whence,
Thou askest not my former land.
In presence we are to make sense

---

① This verse was written on March 18, 2012 when I caught sight of a certain description of blooms at the bay of the Atlantic Ocean beside a living quarter.

② I wrote another verse of daffodils when I caught sight of them at the roadside near my dwelling place. The special place reminded me of Wordsworth's "I Wandered Lonely as a Cloud" because I also wandered lonely as a cloud.

Of each other in unity grand.
A life of special taste we live,
And Nature grace does always give.

Another Sonnet of Daffodils

Oh! Spirit of all American flowers,
Sprouting, blooming and smiling in the wild,
Thou com'st, in grace, hither in vernal hours,
So pure and so sprightly as Nature's child.
In England, at the margin of a bay,
Thou danced in glee and became Wordsworth's pride,
And now appearest along the roadway,—
A jocund company here at my side①.
Dressed in green, thou hast a sweet-scented face,
And find'st Bostonian land thy pleasant home,
Which, too, is a place I'm leaving a trace,
And yet I always feel 'tis where I roam.
In fact we live in the same universe,
Although I ask thee to be in my verse②.

On First Looking into John Keats' *Complete Poetry*③

A flash of shooting star across the sky;
A blush of beauty o'er the lover's face;

① There is a similar line at the end of Wordsworth's "I Wandered Lonely as a Cloud".

② This line has adopted the technique of the Chinese poet Lu You's poem when he was writing about a mountain and he asked the mountain to stay in his verse.

③ This verse was written when I finished reading John Keats' *Complete Poetry*. I borrowed this book from my community's library and spent my spare time reading it and learned a lot from it. The work was done on March 19, 2012.

A spring of blossoms in the viewer's eye;
A dream of visions for the Muses' grace.
I gleaned thy famous works and special lines,
Already feeling captured by thine art;
And now a galaxy of thy words shines,—
A pouring of emotions from thy heart.
Thou showed me more about thy verse-concern
With more of tales and images unfurled;
But thou thyself entered the Grecian Urn①,—
A nightingale singing in the quiet world.
Alas! I fear to read "When I Have Fears"②,
A short-lived life of six and twenty years!

On Reading *Poems That Live Forever*③

Good poems shine forever o'er our heart,
But they tend to be scattered, gleaned by few.
Although they are gems of the human art,
They need be stringed together old and new.
Now thanks to Hazel who did such a job④,
We can enjoy a galaxy of stars;
It must be hard to choose among the mob,
And cast away those that may carry mars.
More than three hundred pearls in varied themes,
A treasure you have won without much pay;

---

① Keats wrote a famous poem "Ode to the Grecian Urn", which fully expressed his poetic talent.

② He had a sonnet entitled "When I Have Fears".

③ *Poems That Live Forever* is a selection of American poetry that is considered to be best written. I borrowed this book from my community's library and read it at my temporary home. This verse was completed on March 19, 2012 when I finished reading most of the poems in it.

④ Hazel was the selector of the poems and the compiler of the book.

You walk into a wonderland, it seems,
And your soul gets purified on its way.
As luck would have it when I open the book,
It dazzles me to take a closer look.

Upon Hearing "Questions at the Riverside" ①

A waft of love sung in a waft of breeze,
Which wafts t' America across the sea,
And ripples the pool of my heart at ease,
Wherein a dreamy girl I seem to see.
May I enquire the girl her tale of love?
May I console the girl, a woeful wife?
May I ascend the girl to the above?
May I pray for the girl a happy life?
She wafts to me as a riverside fair,
Just like two fairy Xiang Ladies② of grace,
Whereas fleeting cloud now becomes her wear,
And tears on bamboos move to her pale face.
I just listened to her song for one time
To keep it as a dream in my brief rhyme.

A Reminiscence of Love③

Together we have weathered much of love,

① This sonnet was made on March 20, 2012. "Questions at the Riverside" is a song with words, music and performance all by the girl herself telling a woeful tale of transient love. My friend Zhang Zheng emailed the song to me from Changsha, Hunan. I listened to it for a single time and felt moved. Hence, this sonnet.

② Xiang Ladies are the goddesses of River Xiang in Hunan Province, China.

③ I started to compose this poem on March 20, 2012 and finished writing it in the late autumn, 2013.

Since I met you, an angel from above.
I had been happy more than I could say,
With would-be romances along our way.
We, howe'er, were at that time very young,
We simplified our love and were headlong.
You felt that you liked me just at first glance,
And I, of course, went forward for the chance.
You were intelligent and full of grace,
With a charmed figure and a flowery face.
I was hardworking and also looked smart,
Besides, I had a pure and tender heart.
As luck'd have it, we went to the same school,
Where good love stories happened as a rule.
Henceforth we happened to fall in love then,
Not exactly aware of where and when.
Once I asked you why you start'd to love me,
Since so many differences had we.
And you said you were lonely when alone,
That was not the real reason you had shown.
The real reason was you found a gift'd boy,
Who could delight your heart with special joy.
A poet-boy you had ne'er seen before,
And you began to like me all the more.
You once asked me why I start'd to love you,
I thought much and there was no reason new.
I start'd to love you because you were pure,
And this was the right reason, to be sure.
But, too, 'twas because of your noble mind,—
A special taste in which most girls lagged behind.
Our unworldly love tale had thus begun,
Which through many of rains and winds has run.

Unlike Liang Shanbo and Zhu Yingtai's fate①,
Ours proves a great success at any rate.

We had our first date in th' fall of that year
When yellow leaves on tall trees did appear.
We went out of th' city to a lakeside,
Where ripples of limpid water were wide②.
A boat was on the waves floating afar,
And singing birds were a little bourgeois.
We sat down at the lakeside for a while,
Facing each other in a special style.
We started to talk with wandering thought,
About knowledge, poetry and what not.
The rippling waves a love tale did suggest,
You mentioned the hero and I the rest.
Xu Xian a man and Lady White a snake,
But they two built a home at the West Lake③.
Love could outdo genetic difference,
And everything in lovers' eyes made sense.
Lady White turned herself into a fair,
Lady Blue, her maid, about her did care.
Together they went to the Lake renowned,
To seek their benefactor somewhere round.

---

① Legend has it that Liang Shanbo and Zhu Yingtai were classmates at school when they fell in love with each other. Their love, however, proved to be a failure as a result of Yingtai's family's interference. At last, they were buried together and their souls turned into butterflies and flew together as a couple among grass and flowers. The story was believed to have taken place in Zhejiang Province, China.

② We went to a lake in the western suburb of the city and had our first date there.

③ Legend has it that Xu Xian, a man, and Lady White, a snake, fell in love with each other on the West Lake in Hangzhou, Zhejiang Province. As Lady White was a snake, she was finally suppressed by a monk at the side of the lake.

When they boarded the ship over the waves,
Xu Xian was back from his visit to graves.
They were the graves of snakes he raised before,
As we hear in the story of folklore.
The snakes, in human forms now, came t' reward,
They were finding th' whereabouts of their lord.
Thus they met on the lake on a rainy day,
They took the one and same ship on their way.
Lady White her umbrella let him share,
Until the spring rain stopped on the lake there.
Lady White knew him as her former lord,
Xu Xian was pleased with this lady on board.
Everybody knew the rest of th' love tale,
But 'twas the lake that joined them without fail.
And here we were at the lakeside again,
Could we th' hero and heroine have been?
If not, why did we choose t' be at this shore,
Since we had not known each other before.
We walked round th' water margin watching th' scene,
Not knowing how long in there we had been,
Until we found ourselves in th' setting sun,
Until all fowls backward to their nests had run.
We two were still there reluctant to leave,
Enjoying shimmering waves at the eve.
You were so pastoral trying t' make lines,
When you saw the first ray of bright moonshines.
As the moon was quite high above the sky,
To be back home we found our way nearby.

As students, we oft went to the classroom,
Which almost became our cozy love-home.

Together we did our homework and th' rest,
Your further concern for me you expressed.
You were willing to let me kiss your face,
Late at night the classroom was our own place.
I felt your female warmth and youthful zeal,
And we enjoyed our embrace a great deal.
You might remember a classmate broke in,
Embarrassing us as if we did a sin.
You said my old-style verse impressed you much,
A young man you never had met as such.
And I command'd knowledge for ready use,
Allusions were all there for me to choose.
I wrote quite some graceful quatrains for you,
Comparing you to blooms, autumnal show.
Chrysanthemums now were of special grace,
But were not so sweet-scented as your face.
In frosted morns they smiled in gardens fair,
To watch them we often left our traces there.
We went among the all hues of the flowers,
Enjoying our natural and happy hours.
I was Liang Shanbo and you Zhu Yingtai,
Together we had lots of work and play.
But Liang and Zhu's love was not half so free,
As Yingtai had to disguise as a he.
Yingtai did hint her love to her boyfriend,
And many metaphors to him did send,
Liang, being honest, did not understand,
And left her without asking for her hand.
When he realized their love, it was too late,
And that had decided their tragic fate.
Now we could never repeat that sad tale,

A female need not disguise as a male.
Hand in hand, we loitered where we did wish,
As in the vast sea freely swim the fish.

We often walked the campus after school,
When seasonal weather was fine and cool.
The campus of our school was of large size,
And we saw more scenery with our own eyes.
Here and there we two left many a trace,
E'en outside the campus wall did we pace.
Sometimes we took a walk in the moonshine,
Which vaguely veiled us as a poetic sign.
I gazed at you as the goddess from th' moon,
And wondered if God sent me special boon.
You possessed e'en more of goddess' charm,
When you leaned yourself in my tender arm.
The heavenly moonlight did us enshroud,
And taking you in my hand, I felt proud.
We walked and walked till it was very late,
Reluctant t' say goodbye, too intimate.
Sometimes we walked in the drizzle of rain,
Holding just one umbrella in the lane.
The lane in the living quarters was long,
I held you in case there was something wrong.
The roadside lamps shone o'er us bright and high,
When I kissed you, you felt still somewhat shy.
The drizzles whistled in an endless way,
"I love you," they expressed what I would say.
Sometimes we walked at the side of the lake,
A garland of flowers for you I would make
When I found them in the deep grove nearby,

And wearing it on your head you did try.
The water in the lake was clean and clear,
Our two close faces in it did appear.
The lake was a large, yes, large looking glass,
Specially made for a beautiful lass.
That beautiful lass was you, my good bride,
And this was my dowry, the lake so wide.
The world would look at you how to dress,
The red cloud of skirt and black cloud of tress.
You sometimes played mischief at the lakeside,
Walking me to water with me shut-eyed.
I wondered if you took me as dragon prince,
And would live a river-life ever since;
Perhaps you changed into a mermaid,
And, with a heart of love, underwater stayed.
Then you just offered me a tricky smile
To make me give a laugh for a long while.
Sometimes we would go outside for a walk,
In the meantime we chose something to talk.
Outside the campus was farmers' vast field,
Where with curiosity you were filled.
And you did enquire of me this and that,
And we chose some secluded place and sat.
I told you these green long shoots were wheat,
And in jest you said I should not you cheat.
You said that they were perhaps Chinese chives,
I would tell you, "You can go to archives."
The field was rich with crops of every kind,
And paths in the field did zigzag and wind.
I helped you to cross ditches here and there,
While you blamed me for not showing my care.

I would say, "If you were a farmer's wife,
How were you going to spend your poor life?"
You would laugh, "A farmer's wife I won't be,
I'm your girlfriend, a scholar's company."

We went to Xiaoyaojin Park on a day①
When it snowed and a heavy snow there lay.
You took a camera to catch good views,
Everywhere in th' park places we did choose.
Suddenly we found a grove of bamboos,
We were so happy as if 'twere some news.
You knew that this plant was what I liked best,
And now the green grove was in white snow dressed.
I stood by it and you took a picture of me,
'Twas a cherished photo as you can see.
(And by now six and twenty years has passed,
This photo print'd in a book can still last.)
In the snow everything was beautified,
I felt it all th' more with you at my side.
In my eyes you were just princess Snow White,
Pure-hearted, noble-minded, fair and bright.
Besides, you had a keen eye, to be sure,
You saw gift in me though I was obscure.
Sorry, I was not a prince on White Steed,
I could not offer you what you might need.
Together we visited other places
Where on the blank of snow we left our traces.
The park was relat'd to a general,
Who was in Three Kingdoms th' bravest of all.

① Xiaoyaojin Park is a park in Hefei City where there is a lake and other places of interest.

He was named Zhang Wenyuan, a man of speed①,
We saw his statue riding on a steed.
You saw how valiant he was, a tall man,
'Twas here he defeat'd General Sun Quan②.
The old battleground now a place of peace,
We toured and rested here, our heart at ease.
Lo; what a peaceful and snow-covered world,
As we walked forward, many views unfurled.
The lake in the veil of snow so serene,
With a boat there, it made a special scene.
I had been to th' park many years before,
That day I liked the scenes there all the more,
'Twas not because there was anything new,
But 'twas because I saw the scenes with you.

I went with you to Tianjin at th' year's end③
To see your family, relative and friend.
It was just the first time that I went there,
Not knowing what gifts I needed t' prepare.
My classmate taught me to buy some good wine,
Unworldly you said no gift was just fine.
It was in winter time and very cold,
You cared about me and my hands did hold.
I saw your parents and they were so kind,
You told them this was the boy you did find.
Your ma said okay if you me did love,

① Zhang Wenyuan was a general under Cao Cao, who stationed in Hefei and he defended the city when General Sun Quan invaded it. There is now a sculpture in the park in memory of him.

② General Sun Quan was the ruler of the Wu Kingdom in the Three Kingdom's period.

③ I went to Tianjin at the end of the year 1986 and it was the first time for me to reach a northern city.

You said I was just the boy sent by Jove.
Your ma remind'd you of my rural place,
Which, perhaps, would bring you to some disgrace.
You said that my family mattered not,
And for sure did not give another thought.
Your brother asked my family background,
You told him nothing of it you had found.
He said if you loved me, you should know more,
You said my origin was not your sore.
To you the countryside was a dreamland,
A place of tradition and custom grand.
You never imagined it as backward,
Where life was desperate, bitter and hard.
You said the countryside had such a boy,
Whose gift could bring you so much joy,
It must be a place filled with some great wonder,
A place you would like to visit and wander.
You took me to the scenic spots downtown,
The foreign-styled buildings th' city did own.
They showed our history of foreign invasion,
A shame and insult of our olden nation.
We should ne'er forget that shame of the past,
And work hard to strengthen our nation fast.
In th' street, I told you what I thought about,
A scholar knew what he should do, no doubt.
You took me to your former higher school,
And showed me your old classroom, desk and stool.
Where I met your sister for the first time,
We greet'd and began talking on a dime.
You also took me t' see other classmates,
And they said you had a boy of good traits.

You showed me your favorite old professors,
They told you I was among good caressers.
Your family treat'd me well and were kind;
Some of my shortcomings they did not mind.
Time passed fast and I had to return home,
And you sent me to the station in gloom.
Waving our hands for long, we said goodbye,
I took th' train where I found a place to lie.
Alone, in th' world of strangers, I missed you,
And thought of our future that'd start anew.

You came with me t' my house in a deep fall,
And you became interested in things all.
We brought to my home the first TV set,
And my family treat'd it as a pet.
They began to watch TV night and day,
Even neighbors came to enjoy the play.
The harvesting season in th' countryside
Extended a rich view broad and wide.
The mountains were yellow with all crops' ears
That were to be all harvested with shears.
Together you followed me so as t' cut
On the mountain-top many a chestnut.
'Twas th' first time you saw the harvesting view,
The fruits were everywhere and not a few.
In sunset the mountains were high and low,
Making a splendor of autumnal show.
The farmers were going home with good loads
Of different kinds from different roads.
They were all feeling happy with their gains,
And forgot their day-long fatigue and pains.

You and I also went home with our bag
Of tiny chestnuts forgetting our fag.
We fetched water from th' well to the house,
That much energy from you did arouse.
And you began to know the work was hard,
Much harder than what was told by the bard.
My parents praised you in our neighborhood,
And said you were understanding and good.
My sister liked you and talked with you much,
And told other girls you were such and such.
In short, you'd deep impressions of my home,
Where you harvested your love on our loam.
I loved you e'en more as you were so true;
In more eager affection our hearts grew.

After our marriage, our love resumes,
In a simple life, you wore old costumes.
Together we eat, together we sleep,
Our cherished love has become even deep.
But married life was not always so sweet,
My mischief and pretense oft did you cheat.
Sometimes my good words took you into cheers,
Sometimes my quarrels led you into tears.
When I behaved well and tried to be good,
You felt pleased and were in a happy mood.
Sometimes you also found me to be bad,
And were very much provoked and felt sad.
Our faith is proved by six and twenty years,
And e'en a brighter way ahead appears.
A thousand lines of such a couplet verse
Expressing our love-tale seems to be terse.

The Stripes and Stars Also Shine O'er the Dead①

The Stripes and Stars also shine o'er the dead,
That was what I saw in Boston's graveyard.
To glorify those who their blood have shed,
So that the young nation might march forward.
I happened to visit those silent graves,
Those souls now rest in peace in th' setting sun.
They fought stormy battles beside the waves
And fell while a new star rose, a new one.
This great nation has never forgot its past
And joins the present with future in space,
In which she intends to forever last,
Whereas th' living and dead share the same place②.
Alone I stood here in early spring cold,
With my thought lost in its secret untold.

Jump Ups③

The butterflies, all hues of butterflies,
Alighting here on grasses green and fair,
Turning into the blooms without disguise,

---

① This sonnet was written on March 21, 2012 when I passed by a graveyard in the western part of Boston. In the graveyard, there was a special zone dedicated to the national heroes who gave their lives for the glory of the country and the national flag was flying over the tombs, which impressed me deeply. Hence, this poem.

② Different from China, Americans build their graveyards among living quarters so that the living and the dead stay materially and spiritually together. I totally agree with this custom.

③ This verse was done on March 21, 2012 when I saw jump ups in a florist shop. It was the first time for me to see such flowers, and therefore, this verse is a record of what I saw and felt at the time.

Their wings still spread, eternally stay there[1].
Are they vernal flowers or vernal flowers they?
Or are both of them in a vernal dream?
A puzzled viewer knows not what to say;
He also joins them in spring, it does seem.
Together they jump up in vernal hours,
In sprightly spirits and also sprightly hues,
There's no fit name for them, are they just flowers?
But anyway, they do put on stirring shows.
    We beings make a jocund company
    In harmonious Nature whate'er we see.

Prime of Spring in Boston

Oh, Spring, have some mercy on my poor nerves!
Too broad a sea of blossoms greet my eyes[2];
Where'er I go, rich banquets the place serves,
Too full to digest, I'm just making sighs.
Sweet scents and bright hues in varied forms,
Magnolia, peach and plum, to name a few,
In vernal weather they arrive in storms;
An avalanche, much more than they are due.
'Tis still raining and snowing buds and blooms,—
Clouds in the silv'ry moon and golden sun,
Bathing me in its balm that fills my rooms,
E'en my dreams turn rosy, where can I run?

---

① Jump ups look very much like butterflies with their wings widespread and are very beautiful. It can be said that this kind of flower is a combination of bloom and butterfly.

② The Bostonian spring in 2012 was so grand and fabulous that it was the first time I saw the sea of flowers covering the trees and grounds almost everywhere in the prime of vernal days. The verse was made on March 23, 2012.

Like birds with the raptures I also cry[①]
In such a boundless spring from earth to sky.

The Art of Spring[②]

Cold flames are put on a vast stretch of trees,
Everyone's amazed by the vernal god[③],
In zeal and zest, awaiting people t' please,
And playing magic on boughs over sod.
He asks celestial belles of every grace
T' descend on this stage in the human sphere,
Where they choose plants as their rehearsing place,
And as brightly shining stars they appear.
His magic's so powerful that everywhere
Th' performance of his is on good display;
So grand is his show in the open air,
That it stops you for a look on your way.
His magic really is a work of art,
And he controls his time to end and start.

Home-Thoughts, from Abroad

In imitation of Robert Browning

Oh, to be in Homeland,
Now that Third Moon's there.
And whoever stays in Homeland
Sees vernal views everywhere,

---

① This line is an imitation of Browning's "Home-Thoughts from Abroad".

② This sonnet was composed on March 25, 2012 when I enjoyed the soundless concert of springtide.

③ Here I compare spring to god who holds the supreme art of spring.

That the lowest boughs at the fence in sheaf,
Are in full bloom as well as verdant leaf.
Flowers of every hue burden every bough,
In Homeland—now!

Within Third Moon there's Pure and Bright Day①,
When people to their dead their homage pay.
At graves wreaths are offered and rituals done,
While roamers visit wine-shops at roadside.
The breeze intoxicating the young sun,
The florist-girl leaves her fragrance in stride②.
You keep your eyes open or rest at night
In the moonshines so bright!
When it paints blossoms on your window pane,
And mirrors every scene serene and plain;
When a day's brief pause of turtledoves' song③
Is yet succeed'd by frogs' drumbeats so strong④.

On Reading *The Poetical Works of Robert Browning*⑤

Thy life's works in over a thousand pages!
That must have poured all thy heart and art out,
So copious that others may spend some ages,
Cracking their minds all th' way to think about.

---

① Pure and Bright Day is the fifth seasonal point in the year when every flower is blooming and every bough is greening and the weather is warm.

② In the old custom, during the early spring time, girls sold flowers to people by trade. In today's China, there remains such a custom in certain areas.

③ At this time, turtledoves sing among the forest.

④ My house in China is near a pond where frogs sing all night long at this time of the year.

⑤ I borrowed this book from my community's library in the western part of Boston and composed this poem after I finished reading it on March 26, 2012.

Thy dramatic monologue is a style
That hath ne'er been in poetry before,
That ever since thee is the most worthwhile,
Depicting the human heart to the core.
Yet thou wert treated unjust in thy life,
Thy brain children did not earn thee a fame,
Thou wert even not so known as thy wife①,
Who's who to this blind world is just a game.
So just do what thou think'st are right and great,
And do not care about thy life's poor fate.

On Reading *Great Feuds in History*②

What a sorrowful history of th' world!
Made of everlasting feuds, big and small.
Thanks to Evans, ten great ones are unfurled,
We know those people tasted their life's gall.
The author's gifted to tell the great tales
In the words that can catch your eye and heart.
They are narrow-minded, males and females,
That is why the tragedy made its start.
Stalin, Mary and Burr, to name a few,

---

① Browning now enjoys a greater fame in the history of English literature than his wife with his dramatic monologue. However, when he was alive, his works were not recognized and his wife enjoyed a greater fame. Such a phenomenon is popular in the literary history of many countries.

② *Great Feuds in History*, *Ten of the Liveliest Disputes Ever* is a book of transnational history with an account of ten famous tragedies caused by the narrow-mindedness of the gifted people which humans have ever experienced in their history, most of which are political with some religious and domestic. The book was published in 2001 by John Wiley & Sons. With an eye of a just historian, the author Colin Evans wrote it in a fabulous language exploring the weak point and dark side of the human heart. Mary refers to Mary Stuart, Queen of Scotland, cousin of Elizabeth I, Queen of England. Burr refers to Aaron Burr Jr., one of the founding fathers of the USA. This poem was made on March 26, 2012.

Whereas they lived, their rivals should not live,
Fighting ceaselessly t' make a tragic view,
Not knowing when to take and when to give①.
　Alas! Humans have lived through such a course,
　With much less smile and peace than tears and force.

On Seeing *Maria Holding Her Son Jesus Christ Just Off the Cross*, a Marble Sculpture at St. Anne Church in Wollaston in Quincy, Boston

Thou hast held thy son for two thousand years,
Who was crucified to save human creature.
Birds remain thy cries and rains thy hot tears,
And winds pass the words of thy son, our teacher.
Today I pass by here and see thy grace,
Like Buddhist Avalokitesvara②,
In th' human sphere leaving many a trace,
Connecting us to our heavenly pa.
The world's significant because of thee,
Thou art our fair and Queen of Paradise③,
Thy pure heart is the first for humans t' see,
And thy spirit hath enlightened the wise.
　This marble hath the luck to tell thy tale,
　Keeping thy eternal pose without fail.

---

① Colin Evans was so gifted that in his book he collected all facts he could and narrated them with his narrative power. The readers will be deeply impressed and learn a lot after reading it.

② Buddhist Avalokitesvara is a famous Buddhisattva of great mercy in Buddhism. Here I compare Maria to Avalokitesvara as they are both merciful and beautiful.

③ The sculpture is made of marble and beautifully carved and situated outside the church.

There's a House I See①

There is a house amid flowers high and low,
About ten rooms and a graceful A-roof,
I cast a look back when uphill I go,
So tranquil and fine with no busy hoof②.
A house in fairyland with its doorway
Extending to my world, I dream sometimes,
Where only with my beloved fair I stay,
And read the great universe to make rhymes.
My fair love reads them and shares my emotions,
She always smiles in our spiritual life,
And understands every bit of my notions,
Completely ridded of the human strife.
  Alas! The house in serene spring stands there,
  But where's my ideal living and my fair?

"What Are Those Flowers?"③

These flowers in bloom, th' same as in my homeland,
Grove after grove, shining everywhere here,
Around the house, beside the road they stand,
Their smiles, very broad smiles make me feel dear.
And sorry I don't know their English name
Though their appearance I love very much;

---

① I composed this poem on March 28, 2012 when I passed by a serene house at the roadside at the foot of a forested hill on my tour. The house was so gracious and serene that I imagined I was the host of the house and lived a poetical life there.

② This line has adopted the technique used by the Chinese poet Tao Yuanming who wrote of his house as built among the human world while absent from the noise of carts and horses.

③ This sonnet was composed after I asked the librarian of my community's library the question when I saw the flowers on her desk. It was composed on March 28, 2012.

Their grace of pose must win them a great fame,
And I use Chinese and call them as such.
I went to th' library the other day,
And saw some of them shine bright in a vase.
I asked the librarian by the way
For their English name in front of her face.
"They're golden bells," she told me with the power
Of her smile that was brighter than a flower[1].

I'm Walking into American Spring[2]

I'm walking into American spring,
In the blooming woods of far-reaching green.
I do not know where the route will me bring,—
A view I've never experienced or seen.
Bright flowers, many kinds of them at me smile,
And I smile back to them although some fade
Whether on trees or on the ground they're worthwhile,
They are just like many a scented maid.
Deeper and deeper I enter the grove,
They are receiving me as a new flower.
We're together in vernal warmth and love,—
A grand unity brought here by God's power[3].
We don't have to care about where we are,
Appreciating each other near and far.

① She answered my question with a charming smile which pleased me.

② This sonnet was written on March 28, 2012 when I passed by a wooded land around a bay of the Atlantic Ocean where all flowers were in bloom.

③ It must be God's power that brought me into such a florist woods where I was immersed in the rosy world.

To Me Came a Fair American Lass[①]

To me came a fair American lass
And talked about China's beautiful scenes
After the two and a half hours of class
When I explained Mandarin by all means.
She said her friend visited my homeland
And brought back fabulous pictures of lakes
With flower-shaded bridges that did expand
All over the water seen from yachts' wakes.
I told her China's a land fair as she[②]
That has not only scenic spots, but glories
Of rosy past and present she could see
If she goes to China to share her stories.
She said, "I'm now a student and can't pay."[③]
I answered, "You can visit her someday."

On Reading *The Complete Poetical Works of Burns*[④]

Robert Burns I came t' know you long ago
When I read "My luve's like a red red rose".
Today more about you I've got to know:
In Scottish dialect you spoke like a hose[⑤].

---

① It happened when I took the class of linguistics and she came to tell me that her sister went to China and brought a lot of very good pictures of her tours which interested her. Therefore, I composed this poem for her on March 29, 2012.

② She was a beautiful American girl studying linguistics at UMass Boston.

③ In America, university students live on themselves and they are not rich enough to do the things they want.

④ I borrowed the book from my community's library and it was the first time for me to read his complete works and I was fascinated by the book.

⑤ Burns was so eloquent in his writing and poetic description that every touch of life and love was captured in his poems.

For sure, you produced a special-styled verse,
So diff'rent, so ballad-like, full of love;
A galaxy of your own universe,
You were a poet-angel from above.
I read and read, little noting your lines
Are of dialects①, immersed in your heart,
Bathing myself in your glory that shines
With your original and freshening art.
In your works I've found a common domain
Shared by the Chinese in lyrical main.

At Quincy Center Station One Cold Night

At Quincy Center Station one cold night,
I met a beauty in front of the door,
Who asked me for a phone call, a poor sight!
I did not dare to see her any more
'Cause I turned her down as I had no phone.
How I wished to have one and t' her it lend.
I mean not that her gratitude be shown,
But to a lady a warm heart I'd send.
"Well, that's okay," she made such a reply
When she heard my "sorry" before her face.
She might think of me as an unkind guy,
When she needed some help in that dire place②.

---

① All his works were written in Scottish dialects and when you go deeper into them, you will understand the language.

② It happened at Quincy Center Station when it was a cold late evening. The girl might have lost her phone and she could not connect her family and she was alone there at the station at such an hour that night. She asked me for a phone, but I had no phone at that time as I was a visiting scholar there in Boston. My poor situation refused her when she was in bad need of help, which still ache me today.

My sorrowful heart pains until today,
And drives me further to a helpful way①.

The President's Golf Course②

A vast stretch of green blanket over hills,
Leisurely dotted with trees here and there,
Where roads lead to distant pools of sand like pills,
And now the grass, 'gain, is tender and fair.
I come here to take a walk many times,
Or find a place to sit and start to read.
The beautiful view inspires my good rhymes,
Where a pond looks like a mirror of bead③.
Occasionally, some golfers greet me
When they pass by and to them I smile back,
Nowhere else boasts of such serenity,
Something worth, but the busy world does lack.
Yes, I'm here to enjoy the sun and breeze;
An idyllic life puts my heart at ease.

On Listening to "Spring Flowers at Riverside in Moonlit Night", a String Ensemble of *Guzheng* and *Pipa* among Spring Flowers at Seaside in Moonlit Night in Boston, the USA④

A grace of sound beauty beyond all speeches!

---

① Such a happening teaches me that I should be ready with necessities when others are in need of them.

② The President's golf course is along the Squantum Road between North Quincy and the town of Milton in Boston. The verse was written on March 30, 2012.

③ The pond lies between the golf course and the living quarters where I frequented and read the books.

④ On the night of March 30, 2012, I listened to this classical Chinese music at my dwelling place near the seaside. I attended a Bostonian concert just a few days before and now the Chinese music listened to here in Boston joined in the musical culture here in America.

A wordless verse with all imaginations!
Amidst Floral spring that everywhere reaches,
A mingle of high tastes enjoy two nations.
Flowers now are not flowers, but just in heard showers;
The moon in sight goes to audio's might.
You just lend your ears in these peaceful hours
To hark these balmy vernal scenes all bright.
Tide after tide of warmth, waves, flowers and shines,
Poured out of strings, has run into your dreams,
That with all your senses of fair combines,
To tell what th' verbal fails to tell, it seems①.
  This melody in such an easy time
  Should join birds in singing spring in its prime.

A Sonnet on Visiting Arnold Arboretum②

A spread of misty and rosy spring scene
Presents itself here out of fairyland,
So balmy, so cozy and so serene,
Yet like an orchestra played by a band.
Do you not hear the merry floral sound
Before the broad and loud smiles of these flowers
The waves after waves of which sweep the ground
Intoxicating you in such spring hours?
In their grand beauty magnolias shine;
In their buds lilacs vernal secrets hide;
Where, too, stud many a paramount pine,

① This line means music is non-verbal poetry. It points out the relationship between music and poetry.

② Arnold Arboretum (a Latin word) is a park of plants in the north of Boston. I visited this park on April 1, 2012 together with other visiting scholars at UMass Boston.

And distant trees make the view far and wide.
We visiting scholars trip t' Forest Hills①,
Our yearning hearts its eternal charm fills.

Slowly, Slowly I Saunter Along

I walk along Hancock② lit with spring flowers
That stand in grace on both sides of the street
When fitful balmy breezes bathe me in showers,
Easing me and the paces of my feet.

The flowers of Chinese crabs heavy on boughs③
Are brightening the long road in vernal days.
They are spirits and gifts that God endows,
In such enchanting scent and brilliant rays.

The street's about the distance of ten miles,
And slowly, slowly I saunter along,
Returning my greetings t' these flowers in smiles,
The time in my world of spring seems t' prolong.

On a bright day they are bright as the sun,
Standing among the people with bright faces,
Where busy buses, lorries and cars run
In vernal scenes with some visiting traces.

On a rainy day they are beauties tall,

① Forest Hills is a part of the park on a height where different trees are grown.

② Hancock Street is a long street in the western part of Boston along which lines of trees are in rich bloom in springtime.

③ The trees along Hancock Street are mostly Chinese crabs.

Expecting at leisure someone like me,
A passenger who is most free of all,
Stopping here for a date t' each other see.

Love's found in an unhurried way of life,
Where you connect yourself with nature great;
When you are freed from bustling human strife,
The fair is always there for you to wait.

Here This Family Use Lilacs for Fence[①]

Lilacs are distinguished ones in springtime,
And many poets write them into verse,
Now verdant spring will arrive at its prime,
The best season ever in universe.
The flowers in question are still in the bud
With their special beauty hidden away.
Here I find their graceful tender boughs stud
The fence of a house that stands out of th' way.
Do they love them so much so that they use
Them for fence, or treat them as common wood?
To me, this family should not them choose
Just for fence and their attitude is rude.
　　They are cruelly pruned, standing crowded there,
　　The beautiful need noble and goodly care[②].

① I wrote this poem on April 1, 2012 when I saw the blooming lilacs as fences of a family.

② I don't know the name and the background of the family, but it is rare here in Boston. Most of the families do not do that.

Come Here Earlier[①]

Come here earlier t' meet spring, my dear wife,
Which is still here, smiling brightly at you.
Come here earlier to taste a new life,
Within your reach it is still somewhat due.
America now stands in vernal hours,
Expecting you to date from an old land;
Come here in time before flowers fall in showers,
While the late spring can still be in your hand[②].
Get ready early and wait there no more,
And bring yourself here with a tender heart,
A heart of your zealous youth and come o'er,
Here in American scenes just take part.
I'm waiting for you, waiting for you here,
At th' other side of the main, my dear.

On Reading "Letter from Birmingham Jail" by Martin Luther King, Jr.[③]

Today on reading your long letter from jail,
I still feel what in those days you did feel,
I don't know when your fellows received your mail
And read your righteous cause how did they feel?
Forceful to speak for th' right of brotherhood,

---

① When I heard my wife succeeded in applying for the visa and was planning the date for the visit of America, I wrote this poem to tell her to come earlier as the vernal scene here in Boston was so fabulous that she needed to see it.

② This line means she can still see the beauty of spring here in Boston if she comes here earlier.

③ This poem was written on April 3, 2012.

You said your letter is long as a book,
Which now in the best essays has stood①,
Your spirit shines there in your brilliant look.
'Tis th' most persuasive letter I've read,
Every word is your tear out of your love,
Every line is th' demonstration you led,
Your eloquence a whole nation did move.
  It is not your word, but your ardent deed
  That tells your great heart and faith we still need.

An Intoxicating Spring Dusk②

The last ray of the sun's given to cloud,
And yet the warm and balmy breeze remains.
Visitors are still about to make the crowd,
Enjoying flowers on trees in streets and lanes.
Now the moonshines succeed to bathe these flowers,
You just feel that they have put on their veils,
More poetic and charming in these hours,
Reminding you of nymphs in fairytales.
Wine shops open when light to streets lamps bring③,
The ladies are waiting there in bright smiles.
The taste of wine joining the scent of spring,
Extends the charm of dusk for miles and miles.
  Are you intoxicated by the fair
  Of scenes or by such a vernal time rare?

---

① I read this letter in a book entitled *The Best American Essays of the Century*, edited by Joyce Carole Oates and Robert Atwan, published by Houghton Mifflin Company in 2000.

② This verse was written on April 3, 2012 when I passed by Hancock Street at dusk and saw the vernal scenes there.

③ There are wine shops along Hancock Street where different wines are sold.

Too Luxurious, American Spring[1]

In great luxury, American spring[2]!
In rosy dreams, trees bloom before they leave.
What ample wealth to our spirit they bring!
Their balm bathes you while their hues dye your sleeve.
Too heavy blossoms burden every bough,
Which in fit after fit of breeze does dance.
'Tis the prime of the vernal season now,
Whoever stays here will not miss the chance!
They are about enjoying their best time,
Together with flowers they also wear smiles,
Visitors like me are given t' a rhyme,
Feeling themselves in scented clouds of miles.
  Yes, spring is the best season of the year,
  Its grace and hope make it specially dear.

A Young Mother Told Her Baby Son Dear[3]

A young mother told her baby son dear
With eyes so pure, "Look, what beautiful flowers!"
And her baby son in the pram did hear
What his mother said and gave laugh in showers.
I saw them so happy out in the street,
Enjoying the vernal scene in the sun.

---

① This sonnet was written on April 4, 2012 when it was the prime of spring here in America.

② Here it refers to the spring in Boston which is a northern city of America. The spring comes later in the north than in the south. At this time of the season, spring in southern America has already gone.

③ This sonnet was written on April 4, 2012 when it was afternoon and it was sunny and balmy. Everyone was out to enjoy the spring.

Feeling very curious, I stopped my feet,
And asked how old was her dear baby son?
"Six months," she replied with her youthful smile.
"Then, he might be too young to know the spring."
"You see, he laughs, an answer in his style,
"And what he does now is the purest thing."
Yes, really! The child is father of man①,
And spring is God's child, love it as we can.

The Red Orchid in America

I must confess I'm not a youthful groom,
While your dress so rare, you are now a bride,
And ready to go out of your maiden's room,
With your scented beauty here at my side.
I know you are an angel from the skies,
But I'd rather you were from Central Land②,
In oriental grace before my eyes,
But here no one knows you and asks your hand.
Yet you have got your own faithful friend,
The mum, the orange and then the bamboo,
Now I the bamboo meet you at th' world's end③,
You are here to marry me, need I woo?
In red you stand here in such vernal hours,
And your bridesmaids are other hues of flowers.

① This is a sonnet of talks which includes dialogues in it.

② Here I imagined that this flower came from China because it was in red as the Chinese bride usually wears.

③ My literary name is Bamboo Studio as I like bamboos very much.

America Has Many Flowers We Share①

America has many flowers we share
In China though there can be differences.
Some are very common here but rare there②,
Most of them here are in gardens or fences.
Here you see daffodils and tulips
That are in the wild and commonly kept,
But in our homeland they're like woman lips
Specially cared for as if they have wept.
Blossoms are geographically shaped,
Howe'er they do share the same and one earth.
Differences are esteemed, but not aped,
Each holds its own at the place of its birth.
God makes everything in their distribution,
They complete each other without confusion.

Today I Took Some More Pictures of Spring③

Today I took some more pictures of spring,
From the eastern coast to the western hill.
I did not know what wealth to me they'd bring,
I just felt pleased at scenes and took them at will.
Some early florist-visitors are gone④,
Some new ones like cherry blossoms are come.
They seem t' make noise and ne'er arrive alone,

---

① This verse was written on April 7, 2012 when I was traveling around Boston.

② It is a fact that flowers and plants distribute differently around the world to the extent that some flowers are common at one place while rare at another.

③ This sonnet was written on April 7, 2012 when I was traveling in Bostonian spring.

④ Florist-visitors refer to those flowers that come to visit us humans on the earth.

In broad and fair smiles making trees their home.
When I set my feet to stand among them,
My own smile seems to be one of the flowers,
A picture captures this image like gem,
The most cherishable and precious hours.
    Eternal spring here I have taken down,
    The rosy and balmy scenes of this town.

On Reading H. A. Guerber's *The Myths of Greece and Rome*①

A unity of us humans and Nature,
A mode of accounting theory grand,
An understanding of Man as a stature
In the world when he came here and did stand.
The myths of Greece and Rome rank in first class
In its systematicity of gods,
Representing all kinds of power that was
Worshipped in temples with incensed tripods②.
A great imagination in old times,
Encyclopedic and lofty as towers,
Has offered rich inspirations to rhymes,
And put me back into those ancient hours.
    A timeless classic we'll forever read;
    To later blooming flowers it is a seed③.

① I borrowed this book from my community's library and it was the best book of mythology I had ever read.

② The difference between European mythology and Chinese mythology is the systematicity. China is also rich in mythology; however, it lacks systematicity as it is not well complied by the compilers throughout ages. Myths are only distributed in varied books without an organic system.

③ Mythology has nourished its later literary creation and many writers creat beautiful works out of it.

Tulips[1]

She comes here now in mid-spring, oh, fair miss,
Bathed in the balmy sun and gentle breeze,
With her opened two lips, whom does she kiss[2]?
What secret to our heart does she release?
In so rare perfume and so broad green sleeves,
She is dancing her dance in special grace,
Her charm of luring mouths no one achieves,
A love she shows us with her peaceful face.
Shyly in scarlet, pink, green and e'en white,
Her late appearance gives spring some new hues,
Her dances are jocund and her smiles bright,
Surprising viewers with her blooming news.
　　A younger daughter of spring here descends,
　　A vernal grand performance she attends.

On Reading Diana Preston's *Cleopatra and Antony*[3]

Thank you, Diana, your magical words
Are verbal pictures of Egypt and Rome
In your historian's eyes as high as birds,
Into my sight an ancient world has come.
Cleopatra, a glory of her sire,
Of Ptolemy as well as of Queen's grace,

---

① Tulips bloom in mid-spring, later than daffodils and other flowers. I saw tulips blooming in the residents' courtyards on April 10, 2012 in Boston.

② Tulips here are compared to two lips of a beauty.

③ This was the best of the history books I had ever read in which not only the hero and the heroine were well described, but also the historical background, events and even the meticulous details of Egypt and Rome like cuisine and venoms were beautifully narrated.

Kindled Caesar and Antony her fire,
Which shines o'er th' history of human race.
Her beauty and talent are female power,
That conquer all and emperors e'en fail,
Who have trod land and woman in her bower,
But now crawl at her feet like a mild quail.
Your book brings us a political scene
Of struggle and wealth and truth that has been①.

Attending a Lecture on Beethoven's Symphony at BSO②

A frequent lecture on musical art
Is part of Bostonian culture of grace.
The non-verbal tells more about our heart,
The talk brings us Beethoven to the place.
We are shown a world in another form,
The symphony that can create a wonder
Where our spirit is expressed in a storm
That enables us t' imagine and ponder.
The explainers make the hardest thing plain,
Relating Beethoven's story of old,
Of his anger, hope, happiness and pain,
A story that can be timelessly told.
Yes, we enjoy two kinds of dinners here③,
One for our stomach and th' other our ear.

① I finished reading this book on April 11, 2012.

② The lecture was held in a lecture hall at the side of the theater at BSO, on April 11, 2012. BSO stands for Boston Symphony Orchestra.

③ I attended the lecture and had dinner together with other audiences. It could be said that we had two kinds of dinners, one was spiritual and the other material.

A Human Goddess or a Divine Lass[①]?

She was sitting by me, of gripping stature,
With her almighty girlhood's melting power.
Diana[②] would not outdo her pure nature,
She seemed to be timeless though so just an hour.
A posing youth of her own charm did shine,
Her special figure is beyond compare,
She might not have known that I did enshrine
Her in my heart, a beauty with my care.
A human goddess or a divine lass?
She was just she, a female grace near me,
An American student in this class,
Yet broke into my world, a myth to be.
In my solitude comforts me her face;
In my soul she leaves an eternal trace.

To—[③]

When your beloved old lute
Has now grown to be mute;
When your ever bright moon
Is going to set soon,
Do you still stand aloft
Without being made soft?

---

① The poem was written on April 18, 2012 when I had the emotion of attending the class with the girl beside me. She was really the kind of beauty which was supernatural.

② Diana is the Moon goddess of beauty in Greek mythology. In the West, many girls take the name of Diana.

③ This verse was written on April 22, 2012. The title suggests something implicit which resembles "No Title" in the titles of Chinese classical poetry.

When the heaven above
Has now denied your love;
When the others so strong
Treat what you do as wrong,
Do you still keep your pace
Abreast with your old grace?

This world should be ideal
Yet more than you can feel.
When 'tis the other way
'Gainst what you wish or may,
Do you still trust the Lord
And make your heart accord?

And many make one grand,
In diff'rences we stand.
T' negate is to affirm,
They are a mutual term.
The way we spend our life
Leads to Nature sans strife①.

Visiting Concord Bridge②

The bridge walks out of the textbook,
Or we walk into those old years?
Today we have a detailed look
When the same old bridge here appears.

---

① The whole verse tells something common humans experience in their life.

② I wrote this verse on April 23, 2012 when I visited Concord Bridge together with my fellow visiting scholars at UMass Boston.

The same bridge still arches the stream[①]
Which seaward creeps its winding course,
The old heroes realized their dream,—
The American spirit's source[②].

The monument of old still towers[③]
While the foes in peaceful graves lay.
They are all among groves of flowers,
The same homage to them we pay.

The flag has turned to April's cloud[④]
That floats over the arched bridge,
Where Concord Hymn is heard aloud
Far, far beyond the distant ridge.

The Old Manse[⑤]

The owner's gone while the Old Manse remains
Here telling of an old family's tale.
The three-generation houschold explains
The States' early history without fail.
The Emersons is undoubtedly great.
American styles of philosophy
To Ralph Waldo Emerson do relate,
And also poetry that composed he.

---

① This line is an imitation of the first line of Emerson's "Concord Hymn".

② Here the American spirit refers to the saying: Freedom or death.

③ At the head of Concord Bridge, there is a monument of the Minute Man and I had a picture taken here.

④ This line is an imitation of another line of Emerson's "Concord Hymn".

⑤ The Old Manse is the Old House of Emerson. I visited it after I finished visiting Concord Bridge.

This family did have what we call slaves
That served their master who taught them to read①,
They later in history made their waves,
Their masters did provide them with the seed.
The old house that we visit here today②,
Is th' very start of a young nation's way.

To Professor Klaus-Uwe Panther and Researcher Linda L. Thornburg③

In books and papers I have long known you by name,
And yet today I began to know you by face.
To deliver a lecture in Ningbo you came,
And brightly shone your special academic grace④.

Antonymy in linguistic structure and use⑤
Was the topic still sounding in our lecture hall,
A new principle in embodiment you chose
And so profoundly expounded to tell us all.

The museums and cultural sites we showed you round

---

① The Emersons were a family that owned slaves. However, Emerson, the philosopher, taught his slaves how to read and write. Of course, slaves in other families might not have enjoyed such a privilege.

② I visited it on April 23, 2012, a very fine day.

③ Professor Klaus-Uwe Panther is a German cognitive linguist and Researcher Linda L. Thornburg is an independent researcher. Together, they have written many papers.

④ They were asked to give a lecture in Ningbo University in September, 2013. And this poem was written on September 18, 2013.

⑤ The topic of their lecture was "Antonymy in Linguistic Structure and Use". It was a new consideration of a cognitive linguistic research. I believe that it can be a third cognitive mechanism besides metaphor and metonymy.

With Confucianist and Taoist shrines in this land[①].
The universal values and notions you found,
And we took pictures of the sights where you did stand.

In restaurants we enjoyed local food and talked
About linguistic studies to our hearts' content.
Through many landscapes and ancient relics we walked
The images of which into our mem'ry went.

Reading *The Collected Poems of Thomas Hardy*[②]

A thousand in number, heavy in my poor hand,
A novelist is yet also a marvelous poet.
I feel it too strange and too hard to understand,
As any average writer could hardly do it.

I begin to read those beauties, one by one,
Another world of Hardy's art coming to me.
A world of great visions only he could have run,
In which more readers of English enjoy and see.

Love, hate, life and death, in his lines all things are sung,
Stirring my heart-waves and running into my dreams.
The images of his metrics in my world hung,
Brighten me with their so beautifying beams.

---

① After the lecture, I, together with Cong Yingxu, a doctor of Linguistics, showed them around in Cicheng where we visited the Confucius Temple, the Taoist Temple and the Old County Government Office.

② This book is a collection of Hardy's poems. It is beautifully designed and very thick because Hardy wrote nearly 1,000 poems. This poem was written on October 9, 2013.

Another Hardy stands aloft in verses' crown①,
Surviving Tess' fate that received many a curse,
So that his works t' later generations pass down,
As commoners stopped reading him as he turned terse.

① Hardy is usually known as a great novelist in China and few people know him as a poet. However, Hardy began to write poems when he was young and never gave up writing poems ever since, especially when his novel *Tess of D'Urbervilles* received moral criticisms. He devoted himself to writing poetry ever since. And many of his poems are masterpieces for which he is ranked among the great poets in the history of the British literature.